魔王と
勇者は
仲間になりたそうに
こちらを
見ている
FINAL ULTIMATE DARKNESS…etc.
MAZANNKEN

ヘンド
カレン
リディア
ルクス
セレナ
ミリアム
シエル

魔王と勇者は仲間になりたそうにこちらを見ている

㊢はにゅう
画ねめ猫⑥

幻冬舎MC

口絵・本文イラスト●ねめ猫⑥
編集●結城智史

目次

プロローグ

卒業生を祝うかのように照りつける太陽。

暖かさを感じ始めるこの季節に、ここサファイア魔法学校では、ちょうど卒業式が行われていた。

生徒たちの学校生活は充実していたようで、涙を流している者の割合が多い。

特に今は、教師と生徒が語り合う時間だ。

ほとんどの生徒が人気の教師たちの元へ群がり、感謝の言葉を伝えている。

「ルクス君、卒業おめでとうございます。貴方の成績は歴代でも最高クラスですよ」

「ありがとうございます、ルイスヴァルド先生」

首席の肩書きを持つルクスに、担任であるルイスヴァルドが話しかける。

サファイア魔法学校の宝とも言われる才能。

技術と知識――ともに教師を悠々と超える者は、歴代でも数えるほどしかいなかった。

そんな超越者の中でも、ルクスは特別と言っても良いだろう。

卒業する前に、大魔法使いの称号を獲得したのはルクスが初めてだ。

大魔法使いの称号を獲得するためには、超難関とも言われる魔法試験を満点レベルで突破する必要がある。

これは並大抵のことではない。

そもそも、教師たちでも大魔法使いの称号を獲得している者はいないのだ。

他の教師たちがこぞってルクスの元へ質問しに来る光景は、もはやサファイア魔法学校の名物とも言われている。

噂ではルクスに弟子入り志願する教師もいるとかいないとか。

とにかく。

教師として、ここまで手のかからなかった生徒はいない。

「ルクス君はこれからどうする予定なのですか？　この成績なら文字通り何にでもなれますよ。貴方を不採用にする人間なんて馬鹿しかいませんからね。ンフフ」

「……特に決めていません。僕を誘ってくれる所があるなら、そこに入ろうかと思っています」

その答えを聞くと、ルイスヴァルドは呆れたようにため息をつく。

これまでに何度もルクスの将来について話し合おうとしたが、いつも曖昧に濁すだけで終わっていた。

まさか卒業までこんな調子とは思っていなかったが、本当にルクスは富と名誉に興味がないようだ。

ここまでくると、羨ましいという気持ちすら湧いてこない。

「……まぁスカウトは来ていますから、好きなところを選ぶのが良いと思いますよ。貴方がどこを選ぶのか、本当に楽しみです」

ルイスヴァルドは、カバンの中から手紙を出す。

ルクス宛に届けられたものであり、どちらもチームへと勧誘する旨のものだ。

卒業の時期になると、あらかじめ優秀な人材を確保するチームが多い。

そういう意味では、ルクスは喉から手が出るほど欲しい人材なのであろう。

ただの手紙とは思えないほど高級な紙が使われている。

「――といっても二件ですね。もちろん内容は見ていませんが、目が飛び出るほど良い条件が書いてあるでしょうね。ンフフ」

「二件……ですか」

「貴方ほどになれば、スカウトが殺到することは分かってるから、あえて見逃すというチームも多いのだと思いますよ。気を落とさないでください」

ルクスは珍しく頭を悩ませる。

スカウトの件数が少なかったことに関しては、むしろありがたかった。

多くの中から選ぶとなると、それだけで何日も悩んでしまう。

いくら富と名誉に興味がないとはいえ、与えられている選択肢の中からは最適なものを選びたいのが人の性だ。

「……とにかく、ありがとうございました。しっかり考えたいと思います」

「はい。後悔しないようにしてくださいね」

ルクスは二通の手紙を受け取って、その場を離れた。

スカウトの条件などを他人に見せることは忌避されている。

たとえそれが教師でも同じことだ。

人込みとは少し離れたベンチを見つけると、ふぅと一息ついてそこに腰を下ろした。

「……どれどれ」

ルクスは少しばかり緊張しながら一通目の封を切る。

そこには、惚れ惚れするほど綺麗な字で勧誘文章が書かれていた。

『ルクス殿へ。私は勇者のリディアと申します。貴方の活躍を見て、一緒に冒険がしたいと思い、この手紙を出しました。ぜひ私たちのパーティーに入ってください！』

勇者からの手紙。

リディアという名前は、当然ルクスも知っている名前だ。

彼女は超一流の冒険者として名を馳せている。

ルクスのように魔法関連の人間だけではない。

噂では、国内の知名度で見事九十パーセントを獲得したという話だ。

まさか、そこまでの大物からスカウトが来ると思っていなかったため、純粋にルクスは驚いていた。

普通なら、二通目を見ずに承諾するほどの相手である。

（勇者からスカウトが来るなんて……しかも、いきなりパーティーに入れるって、好条件過ぎる気もするけど）

あまりにも条件が良すぎる内容に、詐欺の臭いを感じたルクスは返事に戸惑う。

いくら冒険者に詳しくないとしても、いきなりパーティーに加われることの異常さは分かる。

本来なら数回話し合い、場合によってはテストなどを行うパーティーがほとんどだ。

リディアのような勇者なら、なおさら慎重になるだろう。

「一応二通目も見ておこう……見たことない紙の材質だけど」

心を落ち着かせるためにも、ルクスはもう一通の封を切った。

そこには、先ほどの手紙とは真逆と言えるほど汚い字で、拙い勧誘文章が書かれている。

『るくすへ。われの元にこい。さすれば、われの右うでにしてやろう。ま王セレナより』

一見悪ふざけとも思える内容。

しかし、手紙を捨てようとする前に、何かがルクスの頭に引っかかった。

（……イタズラ？　いや、それならこんなに高価な紙は使わないよな……）

文字の熟練度からして、この勧誘文章は手紙を出し慣れていない者が書いたと分かる。

そのような者が、わざわざイタズラのためだけに筆を執るだろうか。

また、この手紙に使われている紙は、人間界では調達できないほど高価な物だ。

遊びに使うような価値では決してない。

「魔王セレナ……われの元にこい――って言われても、肝心の場所が書いてないし……一旦リディアさんの方に声をかけてみるか」

「おーい、ルクス。何やってんだー？　こっちに来いよー」

「あ、今行くよ」

一人で悩んでいたところに聞こえてきた友人の声。

考えることに疲れたルクスは、しっかりと二通の手紙をカバンに入れると、楽しそうな友人の集まりに戻る。

今はまだ——魔王と勇者の熾烈な争奪戦に巻き込まれることを知る由もない。

第一章　魔王と勇者

魔王城の一室。

小さい体に腰まで伸びた銀髪。そしてそれを見届けるメイド。

陽の光を防ぐカーテンを背に、魔王のセレナは紙とにらめっこをしていた。

「ふぅ……これでよし——だな！」

セレナは、紙に水滴が落ちないように汗を拭う。

慣れない執筆に苦戦しながら、やっとの思いで書き上げた手紙だ。

たった一粒の汗で、台無しにするわけにはいかない。

「お疲れ様です、セレナ様。これならルクスという者もイチコロですね」

「そうだろう？　何と言っても、この我が直々に手紙を書いたんだからな！　人間相手に、ここまでする日が来るとは思ってもなかったぞ」

メイドはセレナの熱くなった頭を冷やすように、冷たいタオルを首に当てる。

やっと執筆から離れられる解放感からか、セレナはいつもより饒舌になっていた。

普段からこのように地味な作業をする機会はないため、余計に疲労が溜まってしまっているらしい。

今は、冷たいタオルを最大限に味わっている。

「しかしルクスという者は、セレナ様がそこまでして獲得するほどの人材だったのですか？」

「うむ。一度だけ実際に見に行ったことがあるけど、あれは別格だった。我が育ててやれば、まだまだ伸びるはずだ。絶対に手に入れてみせるぞ」

「なるほど、流石セレナ様です。人間の中からそのような逸材を見抜いてしまうとは」

メイドの言葉を受け止め、セレナはふふんと得意気に笑う。

自分の目とルクスの才能――どちらにも自信があるからこその反応だ。

こんなセレナを見て、メイドの疑問も綺麗に解消される。

魔王城に勤めている者からして、セレナが人間に興味を持つのは通常あり得ないことだった。

しかし、セレナのお眼鏡に適ったのならば、人間という種族など関係なく、素晴らしい輝きを放っているのだろう。

一人の従者として――セレナが選んだルクスを見てみたくて仕方がない。

「それでは、この手紙は人間界に送っておきますね」

「うむ、頼んだぞ」

メイドはセレナの手紙を手に取ると、アゲハカラスの口に咥えさせた。

アゲハカラスとは、セレナが可愛がっているペットの一匹であり、鳥とは思えないほど高い知能を持っている。

その知能を活かして様々な用途に使えるペットだが、今回は手紙の郵送を任されることになったようだ。

事前に開けていた窓から目的地へ一直線に飛び立つ姿は、羽ばたく音も相まってかなりの迫力を醸し出している。

「楽しみですね、セレナ様」

「そうだな。ルクスを手に入れたら、一度手合わせをしてみたいものだ。そして、一緒に国を攻めてみたりなんかして――ククク」

ルクスを獲得する前から、妄想を膨らませるセレナ。

既にルクスの運用方法を考えており、どの部隊で使うかなどを脳内でシミュレーションしている。若きエースは、自分たちに様々な影響を与えてくれるはずだ。

ルクス加入後の魔王軍を考えているだけで、含み笑いが止まらない。

「……そういえば、セレナ様。ルクスという者がそこまで優れているのでしたら、人間界も放っておかないのではないでしょうか?」

「へ?」

「えっと。そのような天才は、人間界のチーム――例えば勇者などが放っておかないのではないでしょうか……という意味です」

「……そうかも」

メイドの言葉によって、セレナの顔から笑みが消えた。

ただの人間のことなど眼中にないセレナからしたら、思わぬ伏兵に足をすくわれた形になる。

もしセレナと勇者が奪い合うとなったら、ルクスに近い勇者の方が圧倒的に有利だ。

まさか自分の崇高な計画が人間に邪魔されてしまうとは。

無意識のうちにギリギリと歯を食いしばる。

「グッ……勇者より早く届くことに賭けなければならないのか……？　それに、この魔王城にも来てもらわないといけないわけだし……」

「……あ⁉　セレナ様！　あの手紙に魔王城の場所を書いていなかったかもしれません！」

「あーーー⁉」

アゲハカラスを人間界に向かわせてしまった後。

メイドは、一番とも言えるほど大事なことを思い出す。

セレナの顔にはもはや余裕などない。

万事休す。かなり絶望的な状況だ。

「……よし決めた」

しかし、セレナの顔は全く諦めていなかった。

むしろ覚悟を決めたように凛とした表情になっている。

「我がルクスを連れてくる。絶対に――どんなことをしてもだ！」

「で、ですが、セレナ様！」

「ミリアムにも連絡をしておけ！　共に向かうぞ！」

そう言って、セレナはバッと部屋から飛び出した。

残されたメイドは、眠っているであろうミリアムの元へ急ぐ。

タイムリミットがいつまでなのか分からない以上、ゆっくりとはしていられない。

勇者に遅れを取らないよう、これから魔王軍は大きく動き始めることになる。


「えっと、ここだったっけ？」

卒業式の後。

ルクスは、指定された喫茶店にてリディアを待つ。

魔王からの誘いも大いに気になったが、集合場所が指定されていないため、とりあえず一旦保留しておくしかない。

今は勇者リディアとの話に集中するべきだ。

大きく深呼吸をして、気を引き締め直す。

「あ！　もしかしてルクス君ですか？」

「は、はい。リディアさん……ですよね？」

キョロキョロとしていたルクスに声がかかる。

その声の主は――待ち合わせ相手であるリディアだ。

少しの時間待つだろうと考えていたルクスであったが、想定より何倍も早くリディアと合流することになった。

むしろ、リディアの方が早く着いていたようで、自分が待たせた形になっている。

ルクスがよく見かける写真にはポニーテールで写っているリディアだが、今日は金色の髪を下ろしているためすぐに見つけることができなかった。

写真で見るより何倍も美しいその姿に見惚れてしまったのか、謝罪の言葉もなかなか頭に浮かんでこない。

ルクスがもごもごしていると、リディアはニコニコと微笑みながら座るようにエスコートする。

既にルクスの分のコーヒーまできっちり用意されていた。

「すみません、待ちましたか……?」

「全然待ってないですよー。私も今来たところですから」

スカウトされているとはいえ、年上の女性を待たせるというのは失礼な行為だ。

リディアの寛大な対応で事なきを得たが、普通なら叱られてもおかしくない。

何も気にしていなさそうな笑顔だが、それが逆に感情を読み取りづらくさせていた。

ルクスは促されるままに座ってコーヒーに口を付けると、次にリディアから出てくる言葉を待つ。

「いやぁ、ルクス君の活躍は聞いていますよ。それで……うん。単刀直入に言います！　私の仲間になってください！」

リディアはつむじが見えるほど頭を下げる。

大きい声で、店の中で。

勇者とは思えないほど大胆な行動であり、周りの客の視線も一気に引き付ける。

そして、ルクスが答えるまで頭を上げようとしない。

ここで勝負を決めるつもりなのだろう。

絶対に逃がさないという気迫が見て取れた。

「リ、リディアさん！　頭を上げてください！　色々相談したいこともありますし――」

「そ、そうですよね……！　すみません、先走っちゃって」

ルクスの懇願にも似た言葉によって、何とかリディアの頭を上げさせることに成功する。

その顔は興奮により赤らんでおり、緊張と恥ずかしさが伝わってきた。

勇者であったとしても、人並みに緊張はするらしい。

少しだけ親近感を感じてしまう。

「あの、実はこうやって勧誘するというのは初めての経験なんです……何か失礼なことをしてしまったら、すぐに言ってください」

「え？　初めてなんですか？」

「……はい。元々従姉妹とお父さんとでパーティーを組んでいたんですけど、お父さんが引退することになっちゃって」

コーヒーを飲んで落ち着いたリディアから出てきたのは、勇者パーティーの現状だった。

ルクスは卒業間近に、有名な冒険者が引退するというニュースを小耳に挟んだことがあるが、リディアの父のことだったらしい。

そして、リディアの父が抜けた穴は、ルクスが思っているより何倍も大きいようだ。

リディアが、ルクスを手に入れようと必死なのも頷ける。

「で、でも、そんなお父上の代わりが僕で大丈夫なんですか……？　僕なんてまだ若すぎるくらいだし……」

「サファイア魔法学校のトップだと言ったら、すぐに了承してくれました！」

「そ、そうなんですか……」

力不足ではないか——というルクスの疑念も、リディアの言葉によってすぐさま解消される。

やはり、サファイア魔法学校のブランドは凄まじいものだった。

周りの客の何人かも、サファイア魔法学校のトップという言葉にざわざわと反応している。

「ルクス君の実力は私が一番知っています！　まだ学生だったのに大魔法使いの称号を獲得したことも、魔力が強すぎて教師を殺しそうになったことも、捨て猫を拾ってお母さんに怒られていたことも！」

「さ、最後のやつは二年も前のことなので忘れてください……」

リディアは自分の気持ちを伝えようとルクスの手を握る。

ルクスが今まで生きてきた人生の中で、これほど真っすぐな気持ちを向けられたのは初めてだ。

一体どこで捨て猫の情報を仕入れたのかという疑問も、綺麗さっぱり消え去ってしまう。

「……やっぱり、他のチームからもお誘いを受けているんですか？」

「えっと、まぁ、一応……チームではないですけど」

魔王から――とは言えなかった。

リディアも、ルクスにスカウトが集中するのは分かっていたようで、特に驚いた様子もない。

逆に、受けていないと答えた方が驚いていたくらいだ。

「そ、それでも、どうか私たちに――あれ？」

リディアの言葉は、何かに阻まれるようにして止まる。

背筋が凍るような気配。

その何かは、ルクスも少しだけ感じ取っていた。

魔物でもありながら人でもある――敵でもありながら味方でもある気配だ。

「す、すみません！　ちょっと嫌な予感がして……行ってきます！」

リディアはバッと立ち上がり、喫茶店の外に出る。

ルクスとリディアで、同じような気配を察知したらしい。

付いて行こうかとも考えたが、それはあまりにも危険な行為だ。

中途半端な経験しかないルクスが同行したとしても、足を引っ張る可能性の方が圧倒的に高い。

ルクスの足は、喫茶店から出た瞬間に止まった。

「あ、お金……リディアさんが払ってくれたのか……しまった」

ようやく冷静さを取り戻すと、自分が一銭も支払わずに喫茶店を出てしまったことに気付く。

言い逃れできないほど完璧な無銭飲食だ。

しかし、ルクスを捕まえようとする人間は誰もいない。

それどころか、ルクスとリディアが飲み終えたコーヒーカップを店員が片付けている。

代金は、最初にリディアが払っていたようだ。

先ほどの気配の正体よりも、リディアに対しての申し訳なさがルクスの心を支配していた。

「後で謝っとかないと……とりあえず戻っ——」

「——見つけたぞ」

突然足に感じた違和感。

目を向けると、自分の影から細い手が絡みつくように現れている。

そして。

体験したことのない怪力で引っ張られ、泥沼に飲まれる要領で影へと引きずり込まれた。

初めて起こる現象に、ルクスは為す術もない。

叫び声を上げることすらできず、ゆっくり暗闇の中へ意識は消えていった。


「ど、どうしよう⁉　全然起きないじゃん！　ちょっとどうにかしてよ！　ミリアム！」

「落ち着いてください、セレナ様。呼吸もしていますし、心臓も動いています」

慌てふためいていつもの口調を忘れるセレナとは対照的に、ミリアムがルクスの状態を冷静に確認する。

少々手荒い移動方法であったため、腕などにかすり傷がいくつかあったが、どれも致命傷には程遠いものだ。

セレナが馬乗りになってルクスの目覚めを待っているが、そちらの方がダメージは大きいだろう。

「……うっ――いてて」

「や、やった――じゃなくて！　やっと目覚めたな。こ、このまま死んでしまうかと思って、少しヒヤヒヤさせられたぞ」

「良かったですね、セレナ様。もう安心してもいいですよ」

「う、うるさい！　ミリアムは黙ってて！」

セレナは喋り過ぎるミリアムを叱りつける。

ルクスとの大事なファーストコンタクトであり、決して舐められるわけにはいかない。

魔王としての威厳を保つため、安堵の表情から冷酷な表情に切り替えた。

「さぁ、我の右腕になれ」

「お、お前は誰――」

「心配するな、我は人間でも気にせんぞ。もしお主が気になるというのなら、血を注入して眷属《けんぞく》に

る。

「なっ！」

体の危機——それどころか命の危機を感じたルクスは、何とかセレナを振り払おうと力を入れる。

しかし、体格差があるにもかかわらず、セレナはビクともしなかった。

絶対に逃がさないという気持ちが出ているかのようだ。

「——ぐぅっ！」

「あ、ごめん——」

気持ちが入りすぎ、少しだけ強く押さえ付けてしまったセレナ。

ルクスが痛みを訴えると、ついつい手を離してしまう。

「セレナ様、少し落ち着かないといけません。勧誘というのは、このようなものでなかったと記憶しています」

「じゃ、じゃあどうすればいいの！」

「……え？　勧誘……？」

ルクスは、セレナとミリアムの会話を聞いて何かを察する。

勧誘という単語を、今のルクスが聞き逃すはずがない。

勇者リディアでないということは、残されたのは魔王一人だった。

「も、もしかして、魔王セレナ……？」

「お！　その通りだ！　我のことを知っているということは、仲間になったということでいいんだな！」

「何でそうなる！」

やはりルクスの考えは当たっている。

魔王ということで、鎧を身にまとった化け物を予想していたが、セレナがそれとは真逆の姿であることに驚きを隠せない。

人型であり少女である。

魔王と一日で分かるようなオーラは感じ取れなかった。

「……仲間になってくれないのか？　もしかして、さっきまで一緒にいた女か。あいつもお主のことを狙っておるのだな？」

「そ、それは――」

「どうしますか、セレナ様。今からあの女を処分してもよろしいですが」

ルクスを横目に、セレナとミリアムの間で物騒な会話が進む。

このままではリディアが危ない。ルクスの直感がそう叫んでいた。

魔王と勇者から勧誘が来た時点で危惧していたことが、今から起ころうとしているのだ。

いくら勇者リディアであっても、セレナとミリアムの二人が相手では分が悪いだろう。

そんなことを考えていた時――。

「ルクス君！　大丈夫⁉」

「リディアさん⁉」

ルクスが声のする方を向くと、そこには剣を持ったリディアが立っていた。

最悪とも言えるタイミングで、リディアとセレナが出会ってしまった形になる。

魔王と勇者――戦闘はどうやっても避けられない。

「なるほど、勇者か。我の獲物に目を付けるとは、なかなか運が悪い奴だな」

「ルクス君から離れて！　アナタのような化け物の傍にいるべき人じゃない！」

「――ぬかせ！」

セレナは、フェンリルのように鋭い爪をリディアに振りかざす。

プライベートのリディアが、防具を身にまとっているはずがない。

今の状況でまともに食らってしまっては、致命傷になるのは火を見るよりも明らかだった。

「リディアさん！　《防御障壁《ホーリーシールド》》！」

そんなリディアを守るように――ルクスは二人の間に即席のバリアを張る。

防御魔法に関してはルクスの得意分野だ。

セレナの強力な攻撃を何とか弾き返し、戦いを止めるために立ち上がった。

「ル、ルクス君！　ありがとう！」

「大丈夫ですか、リディアさん！　早く逃げてください！」

「《魔斬剣《まざんけん》》！」

「え？」

容赦なく振り下ろされるリディアの剣。

ルクスが介入してきたことにより動きを止めてしまったセレナは、いつもなら避けられるはずの一振りも、見事にその体で受け止めてしまう。

ルクスの作戦としては、リディアをこの場から逃がして穏便に済ませようとするものだったが、そう上手くはいかなかったらしい。

リディアが、持っている剣でセレナの体を斬りつけてしまったのだ。

血が辺り一面に飛び散る。

人間であれば確実に死んでしまうほどの出血量。

いくら魔王とはいえ、ダメージを受けていないはずがない。

そんなセレナの状況をしっかりと理解しているリディアは、勝負を決める追撃を加えるためにもう一度飛び込む。

飛び込んだ――が。

「ちっ……今日はもういい……」

セレナは間一髪のところで影に潜って追撃を躱《かわ》す。

気が付くとミリアムの姿もない。

攻撃を外してしまったリディアは悔しそうにその影を睨みつけている。

どうやら逃走には成功したようだ。

そのことに、ついつい安心してしまう自分がいた。

「――くっ！　逃がしたか……」

ホッとしているルクスとは対照的な感情でリディアは呟く。

リディアからしたら、魔王にあと一歩のところで逃げられてしまった形である。

勇者として――自分の未熟さに怒りを感じていた。

「リディアさん――」

「そ、そうだ！　ありがとね、ルクス君！　あの防御魔法がなかったら、私危なかったかも……息ピッタリってことで良いのかな……？」

「いえいえ……リディアさんにお怪我がなくて良かったです」

「う、うん……あの、もしかしてこれから暇だったりするなら私と――」

「す、すみません！　しなくちゃいけないことがあるので！」

「あ！　ルクス君!?」

ルクスは走る。

どこにいるのかは分からない。

しかし、このまま放っておいたらいけない気がする。

ルクスの頭の中は、あの魔王のことだけでいっぱいだった。

「大丈夫ですか、セレナ様？」

「……これくらいなら。でも、今日はもう疲れた」

セレナとミリアムは、路地の裏に身を潜めて体を休めている。

致命傷ではないにしても、かなりの傷を負ってしまったセレナ。

これほどダメージを受けたのは久しぶりだ。

それでも。

セレナの頭の中はルクスのことでいっぱいだった。

あの攻撃を受け止められた者は、今までに一人もいない。

やはりセレナの目は間違っていなかったようだ。

ルクスを手に入れたいという気持ちが、出血の量と比例するように膨れ上がっていく。

「一度魔王城に帰りますか？　セレナ様」

「うん……そうしようか――」

「セレナ！　見つけたぞ！」

二人の会話に割って入る聞き覚えのある声。

その声の正体は、見るまでもなくセレナには分かった。

他の誰でもない――ルクスだ。

「ルクス……どうしたの？」

「もしかしてトドメを刺しにきたのですか？」

「違うよ！　良かったら、これ使ってくれ」

ルクスは、リュックの中からありったけのポーションを取り出す。

どれも高価なポーションであり、魔王のような存在でも効果があるものばかりだ。

「これは……かなり良質なポーションですね。人間界では手に入らないようなものですけど、どうやって入手したのでしょう」

「授業中に暇つぶしで作ったのが残ってたんだ。セレナが怪我したのは、僕のせいでもあるから使ってほしい」

「……ふん、気にしなくてもいいのに」

そう言って、セレナはガブガブとポーションを飲み漁る。

人間であれば中毒になってしまう量だとしても、魔王からしたら何の問題もないらしい。

惚れ惚れしてしまうほどの一気飲みだった。

「でも、ポーションじゃ回復し切れないよな……」

「ミリアム、魔王城からエリクサーを持ってきて」

「で、ですが、セレナ様を置いていくというのは」

「大丈夫、ルクスがいるから」

「この人間を信用するのですか？」

「敵がポーションを持ってくるようなことはしないでしょ。それに、ルクスはわた――我の仲間なんだから」

かしこまりました――と、ミリアムは飛び立つ。

最悪の場合攻撃されるとまで予想していたルクスだが、現実はそれと真逆と言ってもいい。

想像以上に信用されていることに、ルクスは驚かされていた。

事故であったとしても、セレナの敵側に回ってしまった立場なのに、だ。

「――コホン。ルクス、お主の家はどこだ？」

「……え？　すぐそこだけど」

「よし、運んでくれ。あまり揺らすなよ」

「……分かった」

ルクスは渋々セレナを持ち上げる。

断ろうかとも思ったが、セレナが怪我をしてしまったのはルクスの責任だ。

運良く家から近かったため、人に見られないことを祈りながら家へと向かう。

セレナの体は、子供のように華奢《きゃしゃ》で、小動物のように熱を持っていた。


「……牛乳持ってきたけど、こんなので良いのか？」

「じゅうぶんじゅうぶん」

セレナは、ベッドを独占してルクスから牛乳を受け取る。

あれよあれよと注文を聞いていたら、いつのまにか五杯目になっていた。

この飲みやすさがかなり気に入っているらしい。

「……それで、傷は本当に大丈夫か……？」

「あぁ、この程度では死なないから安心せよ。お主のお陰でだいぶ良くなってきたしな」

ルクスは血で染まった包帯を交換するために外すと、ほとんど塞がっている傷と綺麗な白い肌が現れる。

ポーションの効果なのか、牛乳の効果なのかは分からないが、考えられないほどの再生能力だ。

これならエリクサーすら必要ないかもしれない。

人間と魔王の差というものを見せつけられた気分である。

「いやぁ。お主が介入してきた時は、流石の我も少々驚いたぞ」

「ご、ごめん……」

「本当なら勇者を殺そうと考えていたが、お主が悲しむと思ってやめてやったのだぞ？　感謝してほしいくらいだなぁ」

「それは本当にありがとう」

その言葉が嘘か真かは分からないが、どうやらセレナは手加減をしてくれていたらしい。

本格的な勇者と魔王の殺し合いになっていたとしたら、ここまで静かに終わらなかったのも事実だ。

そして、リディアも無事では済まなかったのも事実である。

今は感謝することしかできなかった。

「大きな貸しということだな」

「そう……なのか？」

「我のものになりたくなってきたであろう？」

「それは分からないけど……」

こんな時にまで勧誘を忘れないセレナ。

血で染まった包帯が目に付き、なかなか反論する言葉が出てこない。

実際にルクスの心も罪悪感で傾きかけている。

「……いきなり過ぎるのが嫌なら、今度魔物退治に付き合ってくれぬか？　ちょうど近くの魔物が増えすぎて困っているのだ」

「それならいつでも良いよ」

「――え⁉　いいの⁉　それなら明日にでも行こう！　しっかり準備しててよ！　約束だからね！」

「え？　怪我は……？」

「そんなの痛がってるふりだから！　とにかく、忘れないでよ！　ルクス！」

セレナはバッと起き上がると、力強く窓を開ける。

傷の痛みなど、かけらも感じていないようだ。

先ほどまで傷跡を押さえていたのは何だったのか。

セレナの巧みな擬傷で、ルクスの頭は完璧に騙されてしまっていた。

「明日！　また迎えに来るからね！」

そんなルクスにお構いなしに、セレナは魔王城目掛けて飛び立った。

明日のため、今すぐにでも準備を始めたいらしい。

ただただ。

ルクスは、どんどんと小さくなっていくセレナを見つめていることしかできなかった。


「ミリアム！　ミリアム！　どうしよう！　ルクスとデートの約束しちゃった！」

「落ち着いてください、セレナ様。その日はいつですか」

「……明日」

「本当に時間がないですね。もっと計画的になった方がよろしいかと」

「ごめん……」

「過ぎたことはどうにもなりません。とにかく今から準備を始めましょう」

「でも、どうすればいいの？」

「プランは私が考えます。セレナ様は明日フルパワーが出せるようにしっかり寝ててください」

「分かった！」

その数分後、二十時三十分。

セレナ――すやすやと就寝。

全てを任されたミリアムは、大きく息を吐いてプランをまとめるためにペンを執ったのだった。

第二章　魔王流デート

「……うーん」

朝。

薄いカーテンによってギリギリ遮られていない日光が、ルクスの顔をピンポイントで照らす。

なかなかスッキリしない目覚め方だ。

昨日の疲れも相まって、意識とは対照的に体が起き上がれない。

いっそもう一度寝てしまおうかなぁ――と、そんなことを回らない頭で考えていた時だった。

「あ、起こしちゃった……ルクス君」

「…………え?」

自分の部屋であるにもかかわらず、何故か声がする方向を見ると。

そこには新品の服を持ったリディアが立っていた。

「……リディアさん⁉　どうしてここに!」

「え、えっと、呼び鈴を鳴らしてみたんだけど反応がなくて、でも鍵は開いてて、声を出してみたけど返事がなかったから心配になって……」

「そ、そうじゃなくて、僕に何か御用が――」

「そ、そうだった！　これ、受け取ってほしいの！」

ルクスの質問に、リディアは何の捻りもなく手に持っている服を手渡した。

部屋まで入り込んでくるリディアにも驚きだが、服というプレゼントにも驚きだ。

一体どういう反応をすることが正解なのか。

何故かすぐに感謝の言葉は出てこない。

「ど、どうして服を僕に……」

「昨日の戦いで、ルクス君の服に魔王の血を付けちゃったから、弁償しなきゃって思って」

「そんなの気にしなくても良かったのに……でも、ありがとうございます。何かお返しをしないと――」

「それこそ気にしなくて良いよ！　そ、それじゃ！」

リディアは恥ずかしそうに部屋から出る。

ルクスは追いかけようとするが、目覚めたばかりの体では、フラフラとしてまともに歩くことができなかった。

まるで嵐のように過ぎ去った勇者。

わざわざ家にまで来て弁償をされるなど経験したことがない。

そもそも、自分の家のことはまだリディアに伝えていなかったはずだ。

どうやってこの家を特定したのだろうか。

その答えは、今考えたとしても出てきそうになかった。

行き詰まったルクスはチラリともらった服に目を向ける。

「この服……めちゃくちゃ高いやつだ……」

すると目に入ったのは、服に疎いルクスでも知っているブランドのマーク。

貴族たちが愛用していることで有名であり、とても庶民が手に入れられるようなものではない。

少なくとも、今のルクスでは三か月働いても手に入れることは不可能だ。

このブランドの服を手に持つこと自体が初めての体験である。

そのような代物を軽く手渡せるリディアは何者なのか。

勇者の力というのを、まざまざと見せつけられたような気がした。

「……そうだ、今日はセレナを手伝わないといけないんだった」

朝から大忙しのルクス。

セレナが訪れることは分かっているため、その準備もしなくてはいけない。

バタバタと洗濯し終わった服の中から、今日着る服を探す。

流石にリディアからもらった服は着られないため、いつもの動きやすい服を着ることになりそうだ。

数時間かけて取った疲れも、この短時間で再発してしまった。

ひとまず、今はセレナとリディアが鉢合わせしなかったことに感謝するべきだろう。

「――おーい、起きてるー？　もしもーし」

ガンガン――と、窓が突然叩かれる。

噂をすれば。ギリギリ準備が終わってないタイミングだ。

一応セレナでもガラスを割ってはいけないと分かっているらしい。

声をかけることによって、ルクスに気付いてもらおうと頑張っていた。

「起きてるよ」

「お、ちょうど良かった。今から出かけるぞ！　準備はできているか？」

「ちょっと待ってくれ」

ルクスは、いつも使っている杖を持つ。

魔物退治の経験は少ないが、ある程度の魔物であれば十分に通用するはずだ。

イメージトレーニングも昨日の夜にしっかりと済ませている。

セレナの語り口だと、一体の強い魔物というよりは弱い魔物が大勢という様子だった。

数だけ多い魔物が相手ならば、それはルクスの得意分野とも言える。

大魔法使いとして、効果範囲の広い魔法はいくらでも覚えていた。

セレナもそれは分かっているようで、特にルクスのことを心配している様子はない。

「じゃ、案内するぞ。飛んで行くから、しっかりと掴まってくれよ」

「あ、あぁ……」

セレナは、がっしりとルクスの脇腹に手を回す。まるで荷物のような持ち方だが、これが一番効率的だ。

体格と比例した細い腕であるにもかかわらず、何故か大丈夫だと安心できる。

セレナを彩る花の匂いに包まれたことによって、守られているということが直感的に感じ取れた。

「振り落とされるなよ、ルクス」

ルクスの返事を待たず。

セレナとルクスの体は、一気に上空まで浮かび上がった。

初めて見る景色に、ルクスの体は固まってしまう。

高揚感よりも、恐怖心の方が心を支配しているようだ。

「うわっ⁉　高っ⁉」

「大丈夫だから安心して」

ルクスがビビっているような様子を見せると、ギュッとさらに強くセレナの手に力が入る。

ルクス自身も落ちると思っているわけではないが、本能的な部分はどうしようもできない。

セレナに命を握られているという感覚は、やはり慣れるものではなかった。

(よし、このようなピンチになれば恋に落ちやすくなるんだったよね……わざわざ飛んであげてるんだから、頼むよルクス)

「……ん？　セレナ、どうかしたのか？」

「いやいや、何でもないから」

ここまではセレナの狙い通りの展開だ。

目的地までわざわざ飛んで行く理由など一つしかない。

ルクスとの距離を縮め、魔王側についてもらうためである。

本当ならセレナが飛んで行かずとも、移動用の魔獣を用意することが可能であった。

むしろ飛行する労力に比べれば、そちらの方が何倍も楽であろう。

しかし、この小さな一手が勝敗を分けるかもしれない。

妥協という言葉は、セレナの心の中に存在しなかった。

「……それで、魔物退治ってどれくらいいるんだ？」

「そこそこ多いけど、何とかなるはず。群れにはボスがいるはずだから、そいつを倒せば雑魚の魔物は逃げていくと思うし」

「そうか、それなら簡単だな」

魔王城に到着するまでの間。

ルクスは恐怖に慣れながら、簡単な会話を楽しんでいた。

セレナも空気を読んでいるのか、しつこく勧誘するようなことはまだしてこない。

魔王城が見えてくる頃には、お互いに、ほんの少しだけ距離が縮まったような気がしていたのだった。

「到着！　もう安心して良いぞ」

「はぁ……空の旅はしばらくごめんだな……」

地に足が着いたことによって、どっと疲れをあらわにするルクス。

寿命は間違いなく縮んでいるはずだ。

長時間掴まれていたからか脇腹の辺りが少し痛い。

空を移動したため、無駄に地上の魔物たちと鉢合わせなかったという利点もあったが、それでもまだ地上の方がマシだったかもしれないと思える自分もいる。

「というか、これが魔王城か……人間界の城とは比べ物にならないくらい大きいな……」

空の恐怖体験が終わった後、ルクスは魔王城の大きさに驚かされていた。

何ともリアクションが多い一日である。

相当なことがない限り、もう一週間は驚くことがないだろう。

首が痛くなるほど見上げることで、やっとその全貌を捉えることができた。

「ふふん！　そうだろう？　何といっても我の城だからな！　お主もここで仕えることになるのだぞ？　誇りに思うがいい！」

セレナの自慢げな顔が、ルクス目掛けてジリジリと近付く。

魔王城のことを褒めると、一瞬で上機嫌になった。

とても単純な性格だ。

「正直、ここまでとは思ってなかったよ。こればっかりは僕が間違ってたな。ごめん、セレナ」

「まったくぅー！　分かれば良いのだ、分かればっ！　よーし、ルクスは三階級特進！」

まだ魔王軍に入っていないにもかかわらず、三階級も特進してしまうルクス。

興味本位で褒めてみただけであったが、予想外の収穫を得てしまった。

もしかすると、地位で釣って仲間に引き入れようとする作戦なのかもしれない。

「よし、ルクスも特進したことだし、魔物退治に向かうとするか」

「……魔王だったら、魔物は仲間なんじゃないのか？」

「そんなわけないであろう。勝手に跪《ひざまず》く魔物もいないことはないが、敵対するような魔物の方が圧倒的に多いぞ。どうせ我の首を狙っておるのだろうな」

「魔王って案外敵が多いんだな……少し応援したくなるよ」

「我を労ってくれるのか？　やはりお主は珍しいタイプの人間だな」

ルクスは、意外なところで魔王の苦労を知ることになる。

人間と魔物から敵として認識されている以上、味方は数えるほどしかいない。

セレナがルクスに執着する理由も、何となく分かったような気がした。

「あ、ルクス。ちょっと待ってもらってもいいか？」

「ん？　別にいいけど」

ルクスの承諾を得ると、セレナは少し離れてポケットから一枚の紙を取り出す。

そして、食い入るようにその紙に書かれている内容を見つめていた。

ルクスのいる場所からだと何が書かれているのか全く読み取れないが、セレナの様子から判断すると、かなり重要な内容だと推測できる。

セレナは一通り読み終えると、また大事そうにその紙をポケットにしまった。

「よし。暗くなってしまう前に狩ってしまうぞ。夜はお主が不利だろうからな」

「あ、あぁ。ありがとう」

「ふふん。手伝ってもらってるのは我なんだから、気にしないでいいぞ」

気を取り直して。

ルクスは、鼻を高くしているセレナの横に並んで付いて行く。

歩幅を合わせるのは少々難しかったが、ルクスでは詳しい道が分からないため仕方がない。

それに、セレナが袖を掴んでいることから、もう離れることはできなかった。

「ちなみに、どんな魔物がこの辺りにいるんだ？　ドラゴンとかになると、戦った経験がないんだけど」

「流石にドラゴンはいないから安心せよ。取るに足らん雑魚ばかりだ。ボスはよく知らないが……。うん、何とかなると思う」

「大丈夫……だよな？」

現在、敵の情報はほぼゼロに近い。

つまり、対策が一切できないということだ。

これは戦闘においてかなり不利になってしまう事実である。

最悪、ドラゴンとの戦闘になってしまうかもしれない。

セレナの実力もまだ正確に分かっていないため、不安な気持ちが少しずつ芽生えてきた。

セレナがここまで堂々としているのは実力の表れと受け取っても良いのだろうか。

今はそう自分に言い聞かせることしかできない。

「そうだ、ルクス――」

「危ない！」

「ひゃっ⁉」

セレナが声をかけた瞬間。

飛んでくる何かに、ルクスの体はしっかりと反応する。

このスピードであれば、ルクスの動きでも対応可能だ。

手をしっかりと掴んで、素早くセレナの体を引き寄せた。

そして。

空気を斬る音を立てて――元々セレナがいた場所に、一本の鋭い矢が突き刺さる。

「矢……？　結構な距離から狙われたな……もう僕たちがテリトリーに侵入したことに気付いたらしい」

「は、はわわ……」

セレナの心臓は、ドキドキと激しく鼓動していた。

矢をギリギリで躱したことによるドキドキではない。

むしろ、矢ではセレナにダメージを与えることもできないだろう。

しかし、そのようなことは重要ではなかった。

ルクスが守ってくれたという事実が、ずっと頭の中で駆け回っている。

強く引かれた感覚が、まだ手に残ったままでいた。

「……えっと、聞いてるか？」

「──あ、あぁ！　そうだな。油断してた、ごめんごめん……」

「またいつ攻撃されてもおかしくないから、気を付けないとな。今度の攻撃は対応できるか分からないし」

ルクスは周りを見回すが、敵の影は捉えられない。

大きな木に深い草むら──間違いなく地の利は向こう側にある。

ルクスの目では、隠れている敵を見つけることすら不可能だ。

このままだと、かなり厳しい戦いになってしまうだろう。

どういうわけかセレナも顔を赤くして集中できていない様子であり、下手をすると本格的に危なかった。

「後ろにも気を付けた方がいいかも──ってちょっと近すぎじゃないか……？」

「き、気にするでない。くっついていた方が安全……かもしれないし」

「そうなのか……？　セレナの経験を信じるよ」

セレナはルクスとの距離を一歩縮める。

そこには不純な動機が少しだけあったが、ルクスは好意的に解釈してくれたようだ。

不自然なほど近い距離も何とか納得してくれている。

『敵ハッケーン！　かかれー！』
『いあああぁぁぁ！』
ちょうどセレナがもう一段階くっつこうとしたタイミングで。
突然、草むらからゴブリンたちが飛び出してきた。
その手には短剣が握られており、攻撃を仕掛けてくるのは明白だ。
潜伏に気付くのが遅れてしまったことで、回避も恐らく間に合わない。
さらに、今はセレナが引っ付いているため、動きが制限されている。
覚悟を決めて、ルクスは杖をさらに強く握った――。
「消えろ」
『――ぐぁっ！』
杖を握ったその瞬間に。
ゴブリンたちは、セレナたちに辿り着く寸前で息絶える。
あまりにも早すぎる決着。
ルクスの目では、何が起こったのか確認することができない。
ただただ、口から血を吐いて死にゆくゴブリンたちを眺めていた。
「え……もしかして、セレナがやったのか？」
「ふふん。さぁ、先を急ぐぞ」
特に多くを語ることなく。

ゴブリンたちのボスがいるであろう場所へと、セレナは歩を進める。

まるで何事もなかったかのようだ。

数分前とは打って変わって、もうセレナの実力に疑いはない。

「よしよし、計画通りだよね……」

ギリギリ聞き取れるくらいの声でセレナが何か呟いたが、ルクスは空気を読んで聞こえなかったことにしておいた。


「……セレナ。敵が全然襲ってこなくなったけど、何があったんだ？」

「そ、それは気のせいだ。うんうん」

「いや気のせいってことはないと思うけど」

セレナとルクスが歩いているにもかかわらず、敵からの攻撃は完全にやんでしまった。

どこからか気配は感じるものの、全く攻撃をしてこない。

先ほどのゴブリンたちを見ていたことで怯えているのだろうか。

「きっと我の強さに警戒しているのだ。野性は危険察知能力が高いからな」

「それもそうか——って、ずっと聞きたかったんだけど、セレナくらい強かったら僕なんて必要ないんじゃないのか？　魔王城にとってもさ」

「……別に我ほどの強さを求めているわけではない。そもそも、我の攻撃を受け止めることができた時点で、テストならば合格だ」

それに――と、セレナは付け加える。

「お主のような才能が、人間界で潰れると思うと不憫で仕方がなくてな。我が育ててやりたいという気持ちも大きかったりする」

「育てる……」

「聞くところによると、勇者もお主を狙っているらしいな。さしずめ、どちらに付くか迷っているのだろ？　さぁさぁ、どちらを選ぶつもりなのだ？」

「変なプレッシャーはかけないでくれ……」

セレナは、グリグリとルクスの脇腹を肘でつつく。

この状況とルクスの立ち位置を楽しんでいるようだ。

想像以上に才能を買われているルクスは、どのような反応をしたら良いのか分からない。

「まぁ、強引に決断させるような我ではない。それくらいは弁《わきま》えている。落ち着きのセリーナと呼ばれているくらいだからな」

「セリーナって誰だよ」

「――あ、ここだ！　この洞窟の中にボスがいるはず！　行くぞ！」

「少し落ち着いてくれ」

セレナが慌てて指差したのは、かなり大きめの洞窟。

中は松明によって明るく照らされている。

何者かが住み着いているのは明白だった。

入口の大きさから住人のサイズが想定できるが、ルクスの五倍ではきかないだろう。

ゴブリンたちのボスに間違いない。

ルクスの心に緊張感が走る。

チラリと隣にいるセレナに目を向けると——またコッソリあの紙を見つめていた。

「よし！　これから我の活躍をしっかり見ているのだぞ！　ルクス！」

「た、頼もしいな……」

紙をポケットにしまったセレナは、ルクスの手を取って奥へと進んでいく。

特に周囲を警戒している様子はない。

魔王としての余裕なのか。

はたまた、何か別の理由があるのか。

その心の中は分からないが、セレナが負ける未来だけは想像できなかった。


「あ、あれ？　誰もいないんだけど……おかしいなぁ」

「僕に言われても……今は外で活動してるんだと思う」

「いや、それは……でも。えー、どうしよう……」

数分前の自信とは打って変わって、セレナは一気に不安そうな表情へと変わる。

口調まで弱気になっており、どこにでもいる女の子みたいになってしまった。

ボスがいなかったこととセレナが焦ることに何の因果があるのかは不明だが、かなりのイレギュラーが起こっているらしい。

「ここにいるはずなんだけど……あれ」

とうとうセレナの目には涙が溜まり始めている。

これは慰めた方が良いのだろうか――。

ルクスはどうすることもできずにその場に立ち尽くしていた。

『マ、待タセタナ！　俺ガコノ洞窟ノボスダ！』

すると。

どしどしと大きな足音を立てて、少し息が切れぎみの巨大なオーガが現れる。

その手に持たれているのは体格に見合った棍棒。

ルクスくらいなら簡単に叩き潰せそうなほどに大きい。

規格外のサイズに、ルクスは一歩だけ後ずさりした。

「おい！　何をしていたのだ！　ちょっと焦ってしまったではないか！」

『ス、スマナカッタ！　準備ニ時間ガカカッテシマッタノダ！』

「やけに丁寧なオーガだな……」

セレナが叱りつけるように怒鳴ると、オーガは申し訳なさそうにしながら理由を述べる。

その光景に少し違和感を覚えるルクスだったが、オーガを怖気づかせてしまうほどセレナの迫力が凄いのだろうと無理やり納得しておく。

セレナも怒鳴ったことで一旦落ち着くことができたようだ。

ふぅ――と一呼吸置くと、ルクスの方へ振り返る。

「ルクス。今からこのオーガが攻撃してくるみたいだから、我を一度だけ守ってくれないか？」

「え？　いいけど……急にどうして？」

「我もあの勇者の気分を味わいたくてな」

『ソレジャア行クゾ！　クラエ！』

ルクスとセレナの話し合いが終わったことを確認すると、オーガは持っていた棍棒を勢いよく振り下ろした。

その狙いは、言われた通りセレナの方である。

「《防御障壁《ホーリーシールド》》！」

その攻撃に合わせて、ルクスはあの時と同じようにバリアを張った。

セレナの一撃を受け止めたことがあるバリアは、オーガの攻撃などではびくともしない。

完璧に受け止め、そして弾き返した。

望み通りルクスに守られたセレナは、ニヤニヤと満足そうな顔をしている。

「……なかなか良い気分だ。ククク」

願いを叶えたセレナは止まることを知らない。

もう一度ルクスの方へ振り返ると、しっかり見ていろとの合図を出す。

両手を天にかざし。

眩しい光が洞窟を包む。

「いくぞルクス！　《ファイナルアルティメットダークネスサンダーボルケイノカオスイリュージョーーン》‼」

『――グヌワアァァァァァァァァァァァァーーー！』

セレナの必殺技が、オーガに向かって容赦なく放たれる。

凄まじい爆音と体に走る衝撃。

ついでにオーガの叫び声。

セレナはしっかり見ていろと合図していたが、眩しすぎて全く目を開けていられなかった。

それよりも、このままでは少しマズい。

これほどの威力を持つ魔法を洞窟の中でぶちかましたとしたら、どうなるかは火を見るよりも明らかである。

「どうだ！　見ていたかルクス！」

「セレナ！　このままだと洞窟が崩れるぞ！」

「え？」

「とにかく逃げるぞ！　まだ間に合うはずだ！　掴まれ！」

オロオロとしているセレナを強引に担ぐ形で、ルクスは今にも崩れそうな洞窟から脱出する。

今の状況では一分一秒が惜しい。

セレナの返事など聞いている暇はない。

そして。

判断が早かったことが功を奏したのか、ちょうど二人が飛び出したタイミングで洞窟の入り口が崩れ落ちた。

もし判断が遅れていたとしたら、二人は今頃瓦礫の山の中だ。

セレナは平気だとしても、ルクスは大怪我を負っていただろう。

「……ふぅ。いてて」

「あ……えっと、その」

「何とか間に合ったな。怪我はなかったか？」

「あ、うん……ごめん。ルクス……血が」

「あぁ、これくらいなら大丈夫だよ」

「そっ……か。ほんとに、ごめんなさい」

こうして。

ルクスと親睦を深めるための魔物退治――もといデートは。

大失敗に終わったのだった。


「セレナ様、少しよろしいですか？」

「…………」

ミリアムがコンコンと扉を叩く。

いつも開いているはずの部屋の鍵は、セレナによってしっかりと閉められていた。

何度中にいるセレナに声をかけても、全く返事をしてくれる気配はない。

心配しているというわけではないが、このまま放っておくと少し面倒だ。

勝手に落ち込まれると自分までブルーな気分になってしまう。

「……困りましたね」

『ヤハリセレナ様ハ心ニ傷ヲ負ッテシマワレマシタカ……』

「それほどメンタルが強い人ではありませんから――っていうか貴方生きてたんですか」

予想外の訪問に驚きながらも、ミリアムは諦めず扉を叩き続ける。

何分でも何時間でも。

セレナがまた扉の中から現れるまで、止めるつもりは全くない。

そして、そのノックが百を優に超えた時――。

「うるさい」

と、かなり弱ったセレナの返事が扉越しで返ってきた。

「おはようございます、セレナ様。朝食の準備ができていますので、早く部屋から出てきてください」

「……いらない」

「ですが、今日はセレナ様の大好きなエビフライがありますよ？」

「うっ……じゃあそれだけ持ってきて」

「それはできません。いつまでもメソメソしていないで、早く出てきてください」

「そんな！　ミリアムも少しくらいは悪いんだからね⁉」

先ほどまで弱っていた声が、感情的になってミリアムの耳に届く。

エビフライがもらえなかったことに怒っているのか、デートが失敗したことに怒っているのかは分からないが、やっとセレナが感情を吐き出した瞬間だ。

ミリアムは少しだけ嬉しそうな顔をすると、コホンと咳払いをする。

「セレナ様の責任を私に押し付けないでください。洞窟の中なのに本気で魔法をぶっ放す人がどこにいるというのですか。なーにが《ファイナルアルティメットダークネスサンダーうんたらかんたら》ですか」

「う、うるさいなー！」

ミリアムの煽りを聞いて、セレナは勢いよく扉を開ける。

その目元は少し腫れて顔は紅潮していた。

恐らくずっと泣いていたのだろう。

まだ少しだけ涙が残っている。

「さあ、落ち込んでいる暇はありませんよ」

『セレナ様、元気ヲ出シテクダサイ』

「うおっ、お主生きてたのか」

ミリアムは準備していたハンカチでそっとセレナの涙を拭う。

そして、セレナもそれを拒むようなことはしなかった。

「まだあの人間に嫌われたと決まったわけではありません。逆に、セレナ様の力を見せつけるという意味では大成功と言えます」

「そ、そうかな……」

『ソノ通リデス。アノ魔法……素晴ラシイ威力デシタ！』

「……お主に言われても嬉しくない」

「貴方は少し黙っててください——とにかく、これからが勝負です。良いですね？」

「う……む」

セレナはもごもごと返事を濁す。

思えば、ルクスを手に入れるとセレナが最初に言い出した時、ミリアムは決していい顔をしていなかった。

そもそも魔族たちの中では、人間を毛嫌いしている者が多い。

ミリアムもその例に漏れず、人間に良い印象を抱いているということはないだろう。

普通なら、諦めかけているセレナをフォローなんてしないはずだ。

「……ミリアムはどうしてそんなに協力してくれるの？」

「またおかしなことを言うのですね。従者が主を助けるのは当然でしょう？」

「…………分かった」

その疑問は、たった一言で解決した。

セレナはもう一度出そうになった涙を自分で拭うと、不思議そうな顔をしているミリアムを見る。

従者が全力でサポートしてくれるなら、主はその期待に応えるだけだ。

もう心に迷いはない。

「それでは次の作戦を決めましょう。セレナ様も気合を入れてください」

「うん！」

セレナは今日初めての笑顔を作る。

落ち込んでいたセレナの姿はもうどこにもない。

今ここにいるのは――。

自信に満ち溢れた魔王。

それに忠誠を誓う従者。

そして、傷心のオーガだった。

第三章　勇者流デート

「ごめんくださーい。ルクスくーん」

「ど、どうしました？　リディアさん……」

　突然の訪問に、ルクスは慌ててベッドから飛び起きて玄関を開ける。

　声の正体は、見て確認するまでもなく判明していた。

　セレナと同じで、ルクスを仲間にしようとしている勇者――リディアだ。

「あのね、クッキーを焼いたから食べてもらおうと思って……かなり簡単なものだから、味の保証はできないけど……」

　そんなリディアが差し出したのは、綺麗な袋に入っているクッキーだった。

　簡単なものだと言っているが、信じられないほど丁寧に包装されており、かなり時間をかけていることが見て取れる。

　何度も作り直したためか、リディアの手首にはテーピングが施されていた。

「うわぁ、嬉しいです。折角ですから、リディアさんも食べませんか？」

「え？　そ、それじゃあお言葉に甘えて……」

ルクスももらっているだけではいられない。

何かお返しをするために、リディアを部屋に招き入れる。

タイミングの良いことに、昨日紅茶を買ってきたばっかりだ。

それなりのものを振る舞うことはできるだろう。

「……部屋の中は綺麗なんだね。散らかってたら、私が片付けてあげようかと思ってたけど、その必要はないみたい」

「さ、流石にそんなことはさせられませんよ……」

「ううん。メンバーの面倒をちゃんと見るのがリーダーの役目だからね」

まるで母親のようなセリフを口にするリディア。

それが冗談という様子はなく、真面目に考えているようだ。

このまま続いていけば、借りだらけの人生になってしまう。

人を駄目にする才能というやつがあるのかもしれない。

「って、ルクス君はまだ正式にメンバーにはなってなかったっけ。書類みたいなのに名前を書けば簡単になれるみたいだから、私が代わりにやっておこうか？」

「で、ですが、リディアさんのパーティーに僕みたいな者が……もしかしたら相性が悪いかもしれませんし……」

「そんなことないよ！　私を魔王から守ってくれた時！　ルクス君しかいないって思ったもん！

相性なんていいに決まってるよ！」

ルクスの手を取り、リディアは心に語りかけるような勢いで言葉をぶつけた。

セレナの攻撃からリディアを守ったこと。

それは、かなり根強く記憶に残っているらしい。

ルクスを仲間にすることに、全く迷いを感じられない。

「えっと……」

（ルクス君悩んでるみたい……普通なら仲間になってくれるはずなのに――あ！　も、もしかして、魔王に何か弱みを握られているのかも！　それならこれだけ悩んでてもおかしくない！　かわいそうなルクス君……ごめんね、気付いてあげられなくて……）

「ルクス君！　今すぐに決めなくても大丈夫だよ！　ゆっくり考えてね！　その間に、私が何とかしてあげるから！」

「な、何とかしてあげる……？」

聞き返そうとしたルクスの口の前に、リディアの綺麗な人差し指が現れる。

これによって、ルクスの言葉は完全に封じられた。

「何も言わなくて大丈夫！　ルクス君の事情は分かってるよ！」

だから心配しなくて大丈夫だよ――と言わんばかりに、リディアは笑顔を見せる。

何も心当たりがないルクスだが、何故か安心してしまうような力がそこにはあった。

「もうちょっとしたら、ルクス君は安心して私のパーティーに入れることになるから、それまで我慢しててくれたら嬉しいな」

「は、はい」

（まさか、こんなに早く魔王と再戦することになるなんて。ルクス君のために絶対勝たないと……）

結局何の話かよく分からないまま。

リディアの頼もしい笑顔を最後に話は終わることになった。

「そんなことより、お昼ご飯はもう食べた？　クッキーだけじゃお腹空くだろうから、私が作ってあげるよ。キッチン借りてもいいかな？」

「へ？　そ、そこまでしなくても大丈夫ですよ？」

「遠慮しない遠慮しない！　私、こう見えても料理得意になったんだよ？」

止めようとするルクスを振り切りながら、リディアはまな板の前に立つ。

ルクスのために料理を勉強し始めてから一週間。

睡眠時間を削ってまで手に入れた料理の腕は、全てが今日のために用意されたものだ。

幸いなことに、食材は余るほど置かれているため、そこで困るようなことはない。

買い出しに行くことまでは考えていたが、どうやら杞憂に終わったようだ。

「す、凄い手際ですね。やっぱり小さな時からやってきたんですか……？」

「えへへ。料理を始めたのは最近なんだー。ルクス君に振る舞えたらいいなーと思って」

「アハハ、冗談は言わなくても良いんですよ。それに、そんな腕前を見せられたら流石に分かりますってー」

ルクスは自然に笑みがこぼれてしまう。

あまりにも嘘が下手なリディアが、可愛く思えてしまったからだ。

料理に関してそれなりの知識を持っているルクスから見ても、リディアの腕前はプロと同じレベルに達している。

そのような技術が、一朝一夕で身につくはずがない。

何故このような嘘をついたのか分からないが、リディアの謙虚さについついほっこりしてしまった。

(……え？　何か私変なこと言っちゃったかな？　料理を始めたのは一週間前だし……あれ？　嘘はついてないはずなんだけど……まぁ、いっか。ルクス君が笑ってるし)

ルクスが何故笑っているのか理解はできなかったが、リディアからしたらそんなことはどうでもいい。

ルクスが笑っているのならそれで満足だ。

少しだけ嬉しい気持ちになりながら、サクサクと作業を進めていく。

そして。

「……よし、最後に」

リディアは、自分にも聞こえるか分からないほど小さな声で覚悟を決める。

ルクスが目を離した瞬間を見計らって、持っている包丁で自分の人差し指を軽く傷付けた。

少しだけ痛い。

しかし、普段の戦いで受けているダメージに比べれば、風に吹かれたのと同じようなものだ。

それどころか、心臓のドキドキによって痛みなどすぐに忘れてしまう。

「――えへへ」

ツーっと流れた一滴の血は、スープの中に入って透明になる。

味に大した変化はないが、リディアの心には形容しがたい変化があった。

「リディアさん、どうしたんですか?」

「何でもないよ。さ、完成したから食べよっか」

レストランで出てきてもおかしくないほどのクオリティを持った料理たちが、ルクスの前に手際良く運ばれていく。

近くの店で買った普通の食材も、リディアの手にかかれば全てが輝いて見えた。

調理する人間が変わるだけで、ここまで見た目に変化が現れるらしい。

料理の奥深さというものに、ルクスは軽く恐ろしさを感じてしまう。

「こ、これは――!」

そして。

リディアにニコニコと見つめられながら料理を口に運ぶルクス。

それらは期待を裏切ることなく――涙が出てくるほどに美味なものだった。

箸を動かす手が止まらない。

本当にどれだけでも食べることができそうだ。

これほどの腕があるなら、今すぐにでも店を開くことができるだろう。

「凄く美味しいですよ！　リディアさんって料理もできるんですね」

「そ、そう？　良かったぁ。ルクス君のためならいつでも作ってあげるからね！」

「い、いつでもですか……？」

「うん。実は最近、お父さんが抜けちゃったから仕事を受けてないの。だから時間は余ってるんだー」

リディアは笑いながら勇者パーティーの現状をルクスに伝える。

やはりリディアの父の影響は大きいらしく、まともに活動ができていないようだ。

ルクスが勇者パーティーに入ればその問題は解決するのだが、それを決めるのにはまだ時間が必要だった。

仮にルクスが勇者パーティーに入ったとして、セレナが黙っているはずがない。

その場合、かなりの確率で魔王対勇者の殺し合いに発展するはずだ。

この戦いが大規模になればなるほど、関係のない人間たちを巻き込むことになる。

つまり、ルクスはこの二人の戦いを未然に防ぐ義務があった。

リディアとセレナのためにも、ルクスは答えを濁し続けるしかない。

「まあ、その余った時間で好きなことができるから逆に良かったかも。今だってルクス君と話す時間が取れてるからね」

「そ、そうですか……」

「うん！　依頼がいっぱいあって忙しかったし――あれ？」

リディアの話が何の前触れもなくストップする。

特にルクスが何かをしたわけでもなく、電池が切れたかのように突発的だ。

やけにジロジロと見つめられているが、その原因が全く分からないため手の施しようがない。

どうしたんですか――とルクスが声をかけようとした瞬間に、先にリディアの方が立ち上がった。

「ルクス君。もしかして怪我してる？　ちょっと見せてみて」

「え？」

「肩だよね？　さっきから少し動きがおかしかったもん」

ルクスの返事を待たずに、リディアは回り込んで肩に触れる。

セレナと洞窟から逃げ出した時に負ってしまった怪我。

当然そのことはリディアには伝えていない。

しかし実際にリディアは、怪我をしている事実だけでなく、肩という正確な部分まで言い当てていた。

本当にルクスの挙動だけでそれを見抜いてしまったのか。

それならば、流石勇者としか言いようがないほどの観察眼だ。

「ねえ、これはいつ怪我したの？　肩なんてあまり日常的な怪我ではないと思うんだけど。それに、どうしてそれを私に隠そうとしていたのかな？　ねえ、どうして？」

ただ、今のルクスに感嘆している暇はなかった。

次々にリディアからの質問が襲い掛かってくる。

ここで馬鹿正直に「セレナと魔物退治をしていた時に怪我しました」とは言えない。

それならば苦しい言い訳でもした方がまだマシだ。

ボロを出さないように、一言ずつ噛みしめながらルクスは言い訳を始めた。

「じ、実は、最近肩こりが酷くて……しかも肩から転んじゃったから悪化しちゃって。それが恥ずかしくて言い出せなかったんです……」

「肩こり？　何かやってたの？」

「えっと……あ、編み物とか」

「……ふーん。そうなんだ」

ルクスは心の中で頭を抱える。

流石に肩こりは苦しすぎた。

そのせいで、編み物という謎の嘘までつく羽目になってしまう。

編み物に関して追及されてしまえば、もう逃げ切ることはできない。

どうにかリディアの質問が終わることを祈るしかなかった。

「あ、あの——」

「早く怪我治るといいね！」

「が、頑張ります」

どうやら、リディアはこの回答で納得したらしい。

感情がすっかり消えていた顔から、元のニコニコとした表情を取り戻した。

そのことに、ルクスはホッと胸を撫で下ろす。

「あと、用事を思い出しちゃったからそろそろ帰らないとかも」

「用事……ですか」

「うん。急にごめんね」

そう言ってリディアは使った調理器具の片付けを終えると、ペコリと一礼をして部屋から出る。

あまりの手際の良さに、ルクスはその一連の流れを眺めていることしかできない。

嵐のように訪れ、嵐のように去ってしまった。

リディアが少々名残惜しそうにしていたところを見ると、まだここにいたかった気持ちもあったように感じる。

その気持ちを押し殺してまで帰らなくてはならないとすると、相当に大事な用事を思い出したらしい。

勇者というだけあって、かなりビッグな用事なのだろうか。

それをルクスが知ることはないが、興味というものはどうしても湧くものである。

ルクスはずっとそのことを考えながら、美味な料理に向けて箸を動かし続けていた。

「あれ、リディア？　何してるの？」

「……編み物勉強してる」

「料理にハマったと思ったら、今度は編み物？」

勇者パーティーの一人として活動しているカレンは、熱心に本を読んで毛糸を眺めているリディアの姿を発見した。

このように集中しているリディアを見る機会は珍しくない。

むしろ、暇そうなリディアを見る方が難しいくらいだ。

最近は家庭的な趣味に没頭しているが、その理由は何となく想像することができる。

「ルクス君も編み物が好きみたいだから」

「やっぱりね。リディアの行動力には感心しちゃうよ。そういえば、ルクス君には三年くらい前から目をつけてたんだっけ？」

「そう。でも、横取りしようとしている泥棒猫がいる。そんな奴に負けられない」

リディアの目には、熱い炎が宿っていた。

リディアがここまでルクスにこだわる気持ちは、共に長い時間を過ごしてきたカレンだからこそ分かる。

三年前――つまり、サファイア魔法学校の一年生であった時から、ルクスはチェックされていた存在だ。

恐らく、誰よりも早くルクスの才能を見抜いていたのがリディアである。

サファイア魔法学校のルールとして、卒業式までに生徒をスカウトすることは許されていない。

そのルールに則りこの年まで待ち続けたリディアだが、そこで現れたのがあの魔王だ。

他のパーティーがルクスを勧誘しないようにできる限り裏工作していたが、意外なところから敵が現れた。

三年間待たされたにもかかわらず、簡単に横取りされてしまっては納得できるはずがない。

ある意味、人生をかけた戦いだと言えるだろう。

「それで何としてもルクス君の気を引こうとしてるんだね。確かにルクス君は喉から手が出るほど欲しいし、アタシにも手伝えることがあれば良いんだけど……」

「カレンは戦いにだけ備えてくれてればいい。きっと、その泥棒猫とは戦うことになるだろうから」

「……あいあいさー。それじゃ、邪魔しないように退散しますか」

ルクスの気を引くのは自分だと強く主張するリディア。

この役目は、いくら従姉妹であるカレンにも渡す予定はない。

魔王の攻撃から身を守ってもらった時に、その考えはさらに強くなっていた。

「……カレン。ルクス君が好きな物とか調査できる？」

「ん？　まぁ、できないことはないけど。そこまでした方がいい？」

「お願い。本当は付きっきりで、誰も近付けないようにしたいんだけど、無理そうだから」

リディアは慣れない編み物を器用に続けながら、カレンに一つの依頼をした。

こういった調査はカレンの得意分野であり、これまでに様々な活躍をしている。

今回のように色恋の混ざった調査をするのは不本意だが、同じ仲間であり従姉妹であるリディアのためなら一肌脱ぐしかない。

「じゃあ任せといて。好きな物だったっけ？」

「あと好きな女の子のタイプも」

「りょーかい。行ってきまーす」

ビシッと黒髪を揺らしながら敬礼をして、カレンは部屋をあとにする。

カレンのことを完全に信用しているリディアは、特にそれを見るようなことはしなかった。

おちゃらけているように見えて、いつも期待以上の結果を持って帰ってくるのがカレンだ。

国家機密まで持ち帰ってしまったことがある彼女に、このような依頼は役不足であろう。

（このままじゃ、アプローチにしては控えめかな……やっぱり一度何かにお誘いした方が良いよね。うん）

要領良く編み物を覚えたリディアは、手を動かしながらこれからの作戦について考える。

何としても魔王に先を越されるわけにはいかない。

これまでは自分がルクスの家に押し掛けるだけであったが、もう一歩踏み込んだアプローチが必要となるはずだ。

そう考えると、自分は奥手すぎたのかもしれない。
これからは攻めるべきだ——そう判断したリディアは、心を入れ替えて新しい作戦を練り始めた。

「あ、あれれー？　偶然だね！　ルクス君！」

「リ、リディアさん。本当に偶然ですね」

眩しいくらいの太陽が照りつける昼間。

ちょうど買い物を済ませたルクスの前に、バッチリとメイクアップしているリディアが現れた。

服の隙間からは美しい肌がチラリと見えており、周囲の人々の視線を集めている。

かなり気合の入った服装だ。

（よし、予定通り……！　カレンにはご飯を奢ってあげよう！）

リディアは偶然のように装っているが、もちろんこれは偶然などではない。

ルクスの行動パターンをカレンから聞いて、アンコウのように待ち伏せた形である。

そして。

獲物はまんまとかかってくれた。

「ね、ねぇ、ルクス君。もしかして、これから暇だったりする？」

「そうですね。特にすることもないですし」

答えが分かり切っている質問に、ルクスは想像通りの答えをする。

カレンの情報に間違っているところは一切なかった。

今のリディアは、ルクスの暇な時間を完全に把握している状態だ。

これから数時間は、何かイレギュラーが起きない限りずっと一緒にいることができる。

「それじゃあ、私の買い物に付き合ってくれたら嬉しいな！」

「リディアさんが良ければ喜んで」

「決まりだね！　それじゃあ行ってみよ！」

リディアはルクスの隣に並ぶと、隙をついて素早く腕を組む。

勇者の名前に恥じぬような間合いの詰め方であり、油断しているルクスには到底躱すことができない。

ガッチリと掴まれている腕――逃がすまいというリディアの思いが詰まっているようだ。

「それで、何を買う予定だったんですか？」

「へ？　そ、そうだね。服とか……かな？」

「それじゃあ、あの店とか良さそうですけど」

想定していなかったルクスからの質問に、リディアは不自然にならない答えを返す。

ここでヘマをして、カレンの努力を水の泡にするわけにはいかなかった。

長く一緒にいるためにも、様々な店を利用するのが好ましい。

特に服に困っていることはなかったが、流れを作るという意味で服屋に入った。

「そ、そうだ！　もし良かったら、服を選んでみてほしいなぁ」

服屋に入った瞬間。

攻めるタイミングはここだと判断したリディアは、ルクスに選択権を全て任せる。

計画の中にはない、咄嗟に出てきた提案だ。

これなら自然にルクスの好みを知ることが可能であり、記念として残すこともできた。

「ぼ、僕がですか……？　全然センスないですよ？」

「大丈夫！　ルクス君が選ぶことが大事なんだから！　ほらほら！」

リディアは、乗り気でないルクスが逃げられないように奥の方へと押し込んでいく。

ルクスも多少抵抗しようとしているが、やはり勇者のフィジカルの前では分が悪い。

あっという間に女性服のコーナーまで連れてこられてしまった。

「……期待しないでくださいね」

「うん！　よろしくね！」

「…………」

はぁ——と一息ついて。

少し慎重になりながら服を選び始めたルクス。

リディアはその様子を、微笑みながら愛おしそうに見つめていた。

一緒に相談しつつ選ぼうかとも考えたが、それではルクスの意見が薄くなってしまう。

自信がなさそうなルクスならなおさらだろう。

ルクスの好みを知るための良いチャンスでもあり、リディアは意見を共有したい気持ちを押し殺して一旦身を引いていた。

「………これ、とかどうでしょうか」

悩みに悩んで──ルクスが不安げな顔で手に取ったのは、露出が全くと言っていいほどない物だ。

まるで修道女のような服である。

少なくとも、今リディアが着ている物とはかけ離れた服だった。

(ル、ルクス君はお淑《しと》やかなのが好みなんだ……!)

カレンでは辿り着けなかった情報が、リディアの頭の中に刻み込まれる。

この事実は、忘れたくても忘れることはできない。

それほど鮮明に頭の中を駆け回っていた。

「ありがとう！　これ買うね！」

「え？　で、でも素人が選んだやつだし、値段だって──ご、五十万ゴールド⁉　ご、ごめんなさい！　値段を考えてませんでした！」

「これ、十着ください」

「かしこまりました、リディア様」

「へ？　え？」

リディアは、選んでもらった服を迷わずに購入する。

最初は値段を心配したルクスであったが、そんな心配さえ消え去ってしまうほど逸脱した大人買いだ。

合計で五百万ゴールド。

一般市民であるルクスでは、一年間働いても買うことができない。

「えへへ、ルクス君にもお揃いのやつ買ってあげようか？」

「いや、遠慮しておきます……」

「冗談だってー、もー」

リディアは可愛らしく笑いながら、ルクスの肩に手を置く。

どうやらこちらは冗談だったらしい。

申し訳ないが全てが本気に聞こえてしまう。

ルクスの頭は既に麻痺していた。

「これは家に送っておいてください」

「かしこまりました」

財布の中からポンと出てきた五百万ゴールドは、店員によって店の奥へと運ばれる。

服屋でこれほどの大金が支払われる光景は、もう二度と見ることはできないだろう。

それに、購入者の家に商品を届けるというサービスも聞いたことがない。

五百万ゴールドを払えば、リディアでなくてもそのサービスは受けられるのか。

庶民のルクスには検証することのできない疑問だった。

「それじゃあ、次はどこのお店に行く？」

「え？　別のお店にも行くんですか？」

「もちろん！　まだ時間はあるよね？」

「は、はい」

ルクスの確認を取ると、リディアはまた腕を組み直す。

何やら柔らかいものが押し付けられているような気もするが、そちらに目を向けられるほどの勇気はルクスにない。

ただずっと歩幅を合わせて歩くだけで精いっぱいだ。

その間にもリディアは絶えず話しかけてきたが、内容はほとんど頭に入ってこなかった。

「――ルクス君？　大丈夫？」

「だ、大丈夫です。すみません」

「ううん。それなら――ん？」

リディアが何かに気付いたように会話を止める。

そして、キョロキョロと周りを見渡し始めた。

ルクスも釣られて周りを見渡すが、特に何かが見つかるわけでもない。

どうやら違和感を覚えているのはリディアだけのようだ。

もしもセレナが現れたのであれば、隠し切れていないオーラにルクスも気付くことができる。

リディアと腕を組んで歩いてるこの状況では言い訳することもできないため、そうならないことを祈るしかなかった。

「ルクス君。どこかで女の子の泣き声が聞こえない？」

「泣き声……ですか？」

リディアに言われてルクスは耳を澄ます。

しかし、その耳には泣き声らしきものが聞こえてこない。

自分の聴覚に異常はなかったはずだ。

本当に泣いている女の子がいるのであれば、リディアの聴覚が鋭すぎると言わざるを得ないだろう。

「……すみません。聞こえないです」

「多分こっち」

リディアはルクスの手を引いてクネクネとした路地を突き進む。

その足取りに迷いは全くない。

聴覚だけが頼りのはずなのだが、まるで正解のルートが見えているかのような様子だ。

そして、探し始めて数分後に。

ようやくルクスの耳にも子どもの泣き声が聞こえてきた。

「――良かった！　見つけたよ、ルクス君！」

「よくこの距離で聞こえましたね……」

二人は、女の子を脅かさないようにそっと近付く。

その女の子の周りには、青色の液体と割れたガラス瓶が散らばっていた。

腕を少々すりむいているようだが、泣いている原因は痛みではなさそうだ。

意を決して最初にリディアが話しかける。

「お嬢ちゃんどうしたの？」

「ひっく、うぇっ、グスッ……」

「お名前は？」

「ア、アイナ……」

泣いている女の子――もといアイナは、嗚咽を混ぜながらも何とかリディアの質問に答えようとする。

「お母ざんにっ……ポーションを買ってきでって言われで……買っだのにこぼしちゃっだ……」

「そっか……この一万ゴールドでまた買ってくることはできそう？」

「だめっ、最後の一個だっだから……次に入荷するのは二か月後って言われだ……」

リディアが財布から取り出した一万ゴールドに、アイナは全く見向きもしない。

在庫がないという問題は、たとえリディアでも簡単には解決できない問題だ。

いくら金を積んだとしても、確実に一週間ほど時間がかかってしまう。

勇者である自分が動いても良くて数日。

アイナがそれで納得してくれれば問題ないのだが、この状況では難しそうだ。

「ルクス君……どうしよう」

「FSB＝GTYの陽型ですね」

「へ？」

「これなら簡単に作れると思います」

ルクスは、割れたガラス瓶に貼られているラベルを見ながら呟く。

このタイプのポーションなら自分で作った方が遥かに早い。

そう判断したルクスは立ち上がり、ポカンとしているリディアとアイナに声をかけた。

「お嬢ちゃん。今から僕の家に来てくれないか？　一時間もあれば作ることができるから」

「で、できるの⁉　ありがとう、お兄ちゃん！」

「お礼ならリディアさんに言ってあげて。君を見つけたのはリディアさんだから」

「ありがとう！　彼女のお姉ちゃん！」

「──かかかか彼女だってルクス君！」

嬉しそうにはしゃぐリディアを軽く受け流して、ルクスはクネクネとした道筋を思い出しながら歩く。

その途中もずっと、リディアがアイナに対して何かを自慢していたが。

やはりルクスの聴覚では聞き取ることができなかった。

第四章　魔王の招待状

「セレナ様、ルクス様がいらっしゃってます。そろそろ準備を始めた方が良いと思うのですが……」

「うーん……あと五分……」

ちょうど十二時を過ぎる頃。

セレナの寝起きは悪いようで、目を開けることなくベッドの上で蠢いていた。

苦しんでいる時の芋虫と同じ動きであり、少女としての可愛らしさは微塵も感じられない。

昨夜からルクスを招くと意気込んでいたセレナだが、睡眠の欲求に負けてしまっている。

楽しみで夜遅くまで眠れなかったのであろう。

メイドたちがいくら呼び掛けても起き上がる気配はなかった。

「セレナ様。しかしもうルクス様はいらっしゃっていますので――きゃっ！」

直接触れることでセレナを起こそうとしたメイドの腕に走る痛み。

寝ぼけているセレナによって、どんどん体が巻き込まれてしまう。

芋虫からワニに変わった瞬間だった。

「セ、セレナ様、お許しください……」

「だ、誰か助けを呼ばなきゃ！」

「でもミリアム様は仕事中だったはず……」

「それならルクス様を呼ぶしかないわ！」


「ということでお願いいたします！　ルクス様！」

「は、はぁ」

メイドの助けを聞いて、何が何だか分からないまま呼び出されたルクス。

そこには、ヒラヒラのパジャマを着ているセレナと、それに殺されそうになっているメイドがいた。

セレナとただのメイドではあまりに力の差がありすぎるため、誰かの介入なくしては解決しないことも明白である。

そこで選ばれたのがルクスだったのだろう。

このままだと、本当に殺されてしまうかもしれない。

メイドの助けを求める目が、何よりの証拠だった。

「とにかくやってみま――うわっ！」

あまりにも強力な力に、ルクスは驚きを隠せず声を上げる。

ゴーレムやオーガにも匹敵しそうな怪力。

この力で引き込まれたとしたら、普通の体ではすぐさま破壊されてしまう。

セレナも只者ではないが、この力に何とか耐えることができるメイドも只者ではない。

「すみません！　《白雷電撃《ホワイトライトニング》》」

ただ引っ張るだけでは力負けすると悟ったルクスは、強制的にセレナを目覚めさせるために強めの魔法を放つ。

多少の申し訳なさはあったが、そんなことを言っていられるほどの余裕もない。

セレナを伝ってメイドにも電流が流れることになるが、きっと同じように耐えてくれるはずだ。

「――ヴァアアァァァ」

女の子とは思えないほどの声を出しながら。

お互いにベッドから転げ落ちる形で、メイドは脱出に成功した。

かなり力任せの作戦だったが、他に方法がなかったのも事実。

ただただセレナの力が恐ろしい。

「……ん？　ルクス！　何で我のベッドにいるのだ！　しかもなんかビリビリする！」

ちょうどそのタイミングで、セレナはパッチリと目を覚ます。

セレナからしたら、朝（昼だが）目覚めると目の前にルクスがいるという状況だ。

それに謎の痺れのおまけ付き。

混乱するのも無理はない。

「おぉ！　我の服が乱れているぞ！」

「それはセレナが暴走したからだ」

何やら嬉しそうに自分の服を確認するセレナ。

愉快な勘違いをしているようだが、真実は自分で乱しただけである。

諭すようにルクスは訂正しておいた。

「というか、本当にどうしてここにルクスがいるのだ？　まさか我の部屋に入ってくるほど親密な関係になったというのか？」

「いや、メイドの人たちに助けを求められたからだよ」

「そうか……まあいい」

セレナは少し残念そうな顔を見せながら立ち上がる。

そして、寝ぐせと電撃でボサボサになった髪をとかし始めた。

「とにかく。この格好では何だから、少し待っててくれ。それと、レディーの寝間着姿はあまり見るものではないぞ？」

「ご、ごめん」

「まぁ、そんなことを気にするほど若くはないが。シエル、ルクスの案内をしてやるのだ」

「か、かしこまりました……！」

ルクスがまだ部屋にいるのにもかかわらず、セレナは子供らしいパジャマを脱ぎ始める。

こうなるとルクスに居場所はなく、慌てて部屋の外へ飛び出すことになった。

この待ち時間は、魔王城の案内をされるらしい。

シエルと呼ばれたメイドに従って、綺麗に掃除された廊下をルクスはゆっくり歩く。

「よ、よろしくお願いしますね……ルクス様」

「こちらこそ、よろしくお願いします……」

メイドであるシエルは、ルクスに失礼がないよう慎重に言葉を選ぶ。

案内をしろと命令されたものの、何を話したらいいのか見当がつかない。

そもそもルクスのような人間と話すこと自体が初めてであるため、完璧にこなせという方が無理な話だ。

シエルはゴクリと唾を飲み込む。

(案内をするって言われても……どういう風に案内すればいいのかな？　やっぱり元気に？　ううん、多分違うよね……それより、ルクス様がもし満足してくださらなかったらどうしよう……)

計り知れないプレッシャーによって、押しつぶされそうになるシエル。

隣にいるルクスは、セレナのお気に入りであり期待の新人だ。

自分のミス一つで、主であるセレナの顔にまで泥を塗るかもしれない。

そうなってしまったら、一人のメイドであるシエルに責任を取ることは不可能だろう。

そのネガティブな考えによって、会話の一言目が発せずにいる。

「――そういえば、普段のセレナってどんな感じなんですか？　あまり想像がつかなくて」

「は、はい。セレナ様は裏表のない方ですから、ルクス様の知っているセレナ様で間違いはないかと思われます……。一応付け加えておくと、私のようなメイドにも明るく接してくださる優しい御方です」

緊張していたシエルも、ルクスの質問に対して言葉に詰まることはなかった。

自分の知っているセレナを、そのまま伝えるだけだったからだ。

まだまだセレナの魅力を話すことはできたが、引かれてしまわない程度に抑えておく。

「魔王城の皆さんって凄く仲が良いんですね。何だか羨ましいです」

「ルクス様も入りませんか……なんて」

「え？」

「す、すみません！　何でもないですっ！」

シエルは慌てて発言を取り消す。

ここでもう一押しするような度胸はない。

失礼のない言動を意識していたものの、ついつい先走ってしまった。

その場から逃げ出したくなる気持ちを抑えて、シエルは任せられた案内を始める。

「と、とにかくセレナ様は素晴らしい御方ですので、ルクス様にもそれを知っていただけると嬉しいです。魔王城でセレナ様にマイナスなイメージを持っている者は、誰一人として存在しません」

「ハハ、それは皆さんを見ていて何となく分かりました」

それで――と、ルクスは廊下に飾られている一枚の絵画を見る。

「あの絵にセレナと一緒に描かれているのは……もしかして」

ルクスの目に留まったのは、セレナを抱きかかえている銀髪の男だ。

見たものを凍り付かせてしまいそうな瞳。

美しく整えられた顎の髭。

服の上からでも分かる筋肉質な体。

そして、その男の胸の中でニッコリと笑うセレナ。

気にならないわけがない。

「あ、それは先代の魔王様です。セレナ様のお父上になります」

「やっぱり……凄く強そうな人ですね」

その答えに意外性は全くなく、ルクスの予想通りの返事が返ってくる。

まだまだ少女のセレナとは違って、その男はしっかりと魔王の威厳を感じさせる風貌だ。

睨みつけられただけでも大抵の魔物は逃げ出していくだろう。

セレナも将来はたくましく成長するのかなぁ——などと、そんなことを考えていると、シエルは追加で説明するように口を開いた。

「まだセレナ様が子供だった時に、先代の魔王様はお亡くなりになってしまいました。それにもかかわらず、セレナ様はお父上のように我々を引っ張ってくれています。セレナ様の感じている重荷は計り知れません」

「そうなんですか……」

「この魔王城もお父上が残してくれたものです。セレナ様はそれを守ろうと頑張っています。本当に、何とお礼を言ったら良いか……」

ルクスの知らなかったセレナの一面が、思わぬタイミングで明らかになる。

これほど大きな魔王城を持っているということは、セレナの父は文句のつけようもないほど偉大な大魔王だったのであろう。

父を尊敬していればいるほど、のしかかるプレッシャーは大きくなるはずだ。

期待、信頼、希望――様々な思いを、セレナはあの小さな体で背負っていた。

「す、すみません、暗い話になってしまいましたね……」

「いや、良いお話を聞かせてもらいました。まだ僕はセレナを全然知らなかったみたいです」

「セレナ様は恥ずかしがり屋ですから、自分のことはなかなか語らないと思います。私が知っていることでしたら、何でもお答えいたしますので」

そ、それじゃあ――と、ルクスはずっと気になっていた質問を投げかける。

「セレナのあの喋り方って、やっぱりお父さんを意識しているのですか?」

ルクスの疑問。

それはセレナの喋り方だ。

初めて会った時から、見た目にそぐわないあの口調がずっと引っかかっていた。

今思うと、かなりセレナは意識して話していたようにも思える。

「多分そうだと思います。お父上もあのような喋り方でしたから、セレナ様も影響されているのかと。たまにそれを忘れている時もありますが……」

次々に明らかになっていくセレナの秘密。

セレナがいつもの話し方を忘れて素の反応になる光景は何度か見たことがあるが、父を真似していたと考えると、少し可愛らしくも感じた。

これぼっかりは聞かないであげた方が良かったのかもしれない。

ルクスが心の中で反省していると、後方から「おーい」と呼び止められる。

振り返ると、予想通り見慣れた服に身を包んだセレナがいた。

「待たせたな。案内は——って、ルクスは何をニヤニヤしているのだ？」

「いや、別に、何でもない……です」

「いやいや絶対何かあったじゃん！　シエル！　ルクスになんか変なこと言ったでしょ！」

「そ、そんなことは……言ってませんよね？　ルクス様……？」

「は、はい、シエルさん」

「あーもう！　何でルクスとシエルが仲良くなってるの！」

セレナは地団駄を踏みながら、顔を赤くして二人を問い詰める。

着替え時間の半分を使って整えた髪も、すぐにぐしゃぐしゃになってしまっていた。

◇

色々な情報を得ることとなったシエルの案内で、ルクスは最後に食堂へと連れてこられる。

どうやら最後に食堂へ足を運ぶことは決定事項だったらしい。

セレナ、シエル、ルクスの三人が訪れた時には、既に何個ものテーブルが準備されていた。

ルクスはメイドたちによって流れるように席へと座らされ、いつの間にかエプロンまでつけられる。

有無を言わさぬほどの手際の良さだ。

「セレナ。これはどういう――って、そのコック帽はなんだ」

「ルクス、そろそろ腹が減ってきた頃ではないか？」

「……まあ、時間的にはそうだけど」

「クク、喜ぶがいい！　この我が、お主のために昼食を作ってやる！」

ビシッとルクスを指さしたセレナは、不敵に笑いながら厨房へ消えていく。

何かを質問する時間さえ与えてもらえない。

同じようにその場に残されたシエルの方を見ても、気まずそうに笑うだけだった。

「シエルさん……これは」

「本来ならミリアム様がお食事を用意するのですが、今回はセレナ様もその担当をするそうです。滅多にないことですので、ルクス様も楽しんでいただければ……」

「わ、分かりました」

多少不安な気持ちは生まれるものの、ルクスは拒否するようなことはしない。

乗りかかった船。

セレナが自分のために料理を作ってくれるというのなら、最後まで付き合うのが筋というものだろう。

料理の得意不得意、魔族と人間の味覚の違いは置いておいて、単純にセレナのその気持ちが嬉しかった。

シエルと話の続きをしながら、ルクスは料理の完成を待つことになる。


「では始めますよ、セレナ様」

「う、うむ！」

そんなルクスの期待を背中に受けるセレナは、厨房にて何度目かの包丁を持つ。

隣では、いつものようにミリアムがしっかりと見守っている。

練習中に失敗してミリアムを怒らせた回数は数知れず。

その失敗は、今日という日のための糧となってくれるはずだ。

「まずセレナ様は野菜を薄切りにしてください。焼く方は私が担当します」

「分かった！」

「良いですね？　猫の手ですよ？」

「分かってるから――いだっ！」

「どれだけ器用な怪我の仕方をしているのですか……」

何回も練習した猫の手。

これまでに第二関節や小指を幾度となく切りつけてきたが、今回ははみ出している親指を犠牲にすることとなった。

この程度の怪我なら数秒で再生するものの、魔王の血は調味料として強烈すぎる。

この野菜たちは魔獣の餌箱行きになりそうだ。

「やっぱり野菜は私が担当します。セレナ様は焼く方を担当してください」

「う、うん……」

見兼ねたミリアムの指示で、セレナはフライパンの前にちょこんと配置される。

セレナに包丁はまだ少し早かったらしい。

成長しない自分が情けなく感じたが、しかし、反省するのは今ではない。

気持ちを切り替えて野菜たちの到着を待つ。

「セレナ様、こちらの野菜を一気に炒めてください」

「任せて！」

交代したミリアムによって、均等に切り分けられた野菜たちがセレナの元に届けられる。

信じられないほどのスピード。

もはや神業とも言えた。

「ミリアム！　味付けは？」

「……レシピはそこにありますが、本当に大丈夫ですか？」

「大丈夫！　えっと、まずは塩だね！」

「セ、セレナ様！　入れすぎです！」

セレナが投げ入れた塩が、炒められている野菜たちの上に積もる。

まるで霜が降りたかのような光景だ。

流石にミリアムも見逃せなかったらしく、動かしている手を止めてセレナに駆け寄った。

「え？　でも一掴みって書いて――」

「一つまみです」

「げっ……でも塩くらいで味なんてそんなに変わらないはず――辛っ！」

「だから言ったじゃありませんか」

あまりの味に、セレナは口に含んだ野菜を吐き出す。

大量の水を飲んでも、未だに口の中で塩の味が残り続けていた。

このような物をルクスに出せるはずがない。

百年の恋も一瞬で冷めてしまうだろう。

それなら――と、セレナは動き出す。

「い、今なら砂糖を入れると間に合うかも！」

「あ、それは一番やったら駄目――」

ミリアムの忠告もむなしく。

先ほどの塩と全く同じように、砂糖は一掴みされてフライパンの中にぶちまけられる。

ここまで料理のタブーを繰り返すことができるのは、逆に才能なのかもしれない。

「どうしてセレナ様は、分からないことをそこまで躊躇なくできるのでしょう」

「え？　でも、砂糖の甘さで塩辛さを中和できてるはず――まずっ！」

「……仕方がありません。焼く方も私が担当します。セレナ様は盛り付けをお願いします」

「わ、分かった……」

セレナはしょぼんとしながらフライパンの前から立ち退く。

まさか自分がここまでできないとは思ってもいなかった。

一週間ほどかけた練習も、それほど効果はなかったらしい。

ミリアムもきっと不甲斐ない主に失望しているはずだ。

せめて盛り付けだけでも役に立てるように、セレナは棚にある皿を運び始める。

その作業が二往復目に入ろうとした時だった。

ガシャン――と大きな音が厨房に響き渡る。

「セ、セレナ様……」

「み、みりあむぅ……」

ミリアムがもう一度手を止めて駆けつけると。

そこにはうつ伏せで倒れているセレナと、綺麗に割れた皿の破片が散らばっていた。

冷静なミリアムも、何と声をかけたらいいのか分からない。

セレナの目には涙が溜まっており、今にも泣き出してしまいそうだ。

「ごめん……また失敗しちゃった」

「大丈夫ですよ、セレナ様。だから泣かないでください」

「だ、だって……」

ミリアムはセレナの頭をよしよしと撫でる。

セレナも何か言いたいことがあったようだが、最終的にはそれを飲み込んでミリアムの胸に顔を擦り付けていた。

セレナから漏れる息がお腹の辺りに当たって温かい。

この状況がずっと続けばいいのに――と、願うミリアムだったが、現実はそういうわけにはいかなかった。

少し勿体ない気持ちを感じながらも、ミリアムは軽く体を仰け反らせてセレナの顔を見る。

「私も最初は失敗してばかりでした。まずはできることからしていきましょう。ね？」

「う、うん……」

でも――と、セレナ。

「わた――我にできることって……？」

「味見です。セレナ様は素晴らしい舌を持っておられます」

味見という単語が、セレナの頭の中を駆け巡る。

思えば、これまでにも何度かその役割を任されてきた。

美味と謳われるものを食べた回数なら、ミリアムにも負けることはない。

二連続でマズい野菜を食べた後であるため、そろそろ口直しをしたくなってきたのも事実だ。

予想していた役割とはかなり違ったが、これだけは大きな自信を持つことができる。

「ということでセレナ様。こちらの味見をよろしくお願いします」

ミリアムの言葉にセレナは頷くと、差し出された料理をパクリと口にする。

それは、いつも通りセレナ好みの味付け。

寸分の狂いもない百点満点の出来だ。

しかし、今回の相手はセレナではなくルクスである。

「美味しい。けど、ルクスだったらもうちょっと甘い方が喜ぶかも」

「流石です、セレナ様」

ミリアムだけでは到底出てこなかった意見。

これからは役割分担ではなく、二人で協力して調理を進めることになった。


「お待たせいたしました、ルクス様」

「あ、あの……これって、何のお肉ですか?」

「はい。フロスドラゴンの尻尾肉です」

ルクスの質問に、隣で控えていたシエルからすぐさま返事が返ってくる。

目が飛び出そうなほど高級な食材たち。

どれも人間の国では流通すらしていないものだ。

価値を付けるとしたら、数百万ゴールドはくだらないだろう。

それらが溢れんばかりにルクスの目の前へ並べられる。

「さぁ、ルクス。食事にするぞ」

「あぁ……凄いな。本当にセレナが全部作ったのか？」

「ミリアムと力を合わせて……的な？」

ルクスのいきなり痛いところをつく質問に、セレナは曖昧な返事を返しておく。

実際のセレナはほとんどの時間を味見に費やしていたのだが、広義に解釈すれば調理に参加したことになるはずだ。

ルクス自身も本格的に疑っているわけではないため、それ以上追及するようなことはしなかった。

「ま、まあそういうことだ。ほら、早く食べないと冷めてしまうぞ」

セレナは慌ててルクスに食事を始めるよう促す。

ボロを出したくないという気持ちもあったが、早くルクスに食べてほしいという気持ちの方が圧倒的に強い。

それに、セレナ自身も味見ばかりであったため、そろそろ胃袋がまとまったものを欲し始めていた。

「料金は働いて返せ――っていうのはないよな……？」

「当たり前だ。我がそんなつまらないことをするような者に見えるか？」

「見えないな」

ルクスは即答すると、満を持して切り分けた肉を口に運ぶ。

そして。

噛みしめた瞬間に満足感が訪れる。

柔らかさ。うま味。風味。

全ての要素が満点レベルに高い。

かつてどこかのパーティー会場でドラゴンの肉を食べたことがあるが、その時のものとは比べ物にすらならなかった。

フロスドラゴン——かつて国を一日で滅ぼしたという伝説があるドラゴンを、セレナは自分で捕獲したのだろうか。

そんな疑問は、肉のうま味によってどこかに飛んで行ってしまう。

「どうだ、ルクス？　美味いだろう？　それは我も好物だ」

「うん……信じられないくらい美味しい」

「雑魚の割には美味いからな。数が少ないのは難点だが、これほど良い食材はないぞ」

ルクスが肉を口に運ぶ様子を、セレナはニコニコと見つめている。

人間の口に合うかどうか少々不安であったが、特に問題はなかったらしい。

これなら他の料理も満足してもらえるはずだ。

「セレナっていつもこんなご馳走を食べてるのか？」

「当たり前だ。これくらいの飯を食わないと力が出ない」

「羨ましいよ」

ルクスは、セレナに素直な感情を伝える。

嫌味というつもりはなく、自然に口から出てきた言葉だ。

こんなところで意味のない見栄を張るルクスではない。

「それなら、好きな時にここに来たらいい。せっかくワープホールまで繋いだのだ。いつでも我らはお主を歓迎するぞ」

「…………考えとく。ありがとう」

セレナからの魅力的な提案――いつもなら断っていたはずだが、今回は保留という形になる。

普通は男気のない自分を責めるべきなのだろうが、今回だけはうんと頷かなかった自分を褒めてあげたい。

それほどに甘い誘惑だった。

(クク、流石のルクスでも料理には適わなかったか。男を掴むなら胃袋を掴め――と言われているくらいだからな。わざわざ魔王城まで呼んだ甲斐があったぞ)

ルクスの悩んでいる姿を見て、セレナは不敵な笑みを浮かべる。

三階級特進させた時に全くと言っていいほど反応がなかったルクス。

今回で初めて手応えを感じることができた。

地位や名誉に興味がないことを考えての作戦だったが、ひとまず成功したようだ。

この料理は完全にセレナが作ったわけではないが、そんなことはどうでもいい。

大きな一歩に変わりはないのだから。

（あと一押し……いや、ここで焦ってはダメだ。じわじわと距離を詰めていかなくては……！）

セレナは、もう一歩踏み込みたい気持ちを抑え、冷静さを取り戻す。

ルクスの性格からして、強引に距離を詰めようとしたら逆効果になるだろう。

自分の勝手でミリアムの頑張りを無駄にするわけにはいかない。

ルクスに飛びつきたいほど気持ちは高まっているが、後の楽しみと自分に言い聞かせていた。

出そうになった勧誘の言葉は、水物と一緒に飲み込んでおく。

「あ。セレナ様、今何を飲まれましたか？」

「……ん？　あ、これお酒だった」


「ルクスー！　お主は我の酒が飲めんと言うのかー？」

「セ、セレナ？　近い近い近い！」

しばらくすると、セレナは人が変わったかのように暴れ始める。

全く遠慮することなく、ベタベタとルクスに引っ付いて離れない。

これまで我慢していた分が、全部まとめて爆発しているようだ。

「セレナ様、少し休みませんか？」

「いーやーだー！」

「……ルクス様、申し訳ありません」

「い、いえいえ……」

ミリアムが引き剥がそうとしても、全くセレナは動かない。

単純な力では誰もセレナに勝てないため、時が経つのを待つしかなかった。

ミリアムも既に諦めてしまっている。

「なぁー、ルクスー。お主はどんな女が好みなのだー？」

「セレナ様、それ以上は――」

「ミリアムは黙ってて。ミリアムが子どもの時におねしょしたこと言っちゃうよ」

「そ、それだけは――！」

セレナの悪酔いに、ミリアムは為す術なく返り討ちに遭う。

珍しく顔を赤く染めるミリアムを見ると、恐らく本当のことなのだろう。

そもそも、ミリアムよりもセレナの方が年上だったらしい。

思わぬところで、意外な事実が発覚してしまった。

「ルクス、もうちょっと付き合ってくれるよな？」

「ルクス様、お願いいたします」

「は、はい……」

ルクスは、渋々セレナの酒に付き合うことになる。

ミリアムのあの目を見てしまったら、断ることは不可能だ。

これからは、二人で協力してセレナを寝かしつける作戦に移るのだった。


「ルクス君……いないのかな」

「あれー？　アタシの調査によれば、この時間帯はいるはずなんだけどなー」

「もしかしてルクス君の身に何かあったのかも。急にいなくなるなんてやっぱりおかしいよ」

「そ、それは心配しすぎじゃないかな。ルクス君も人間なんだから、たまにはいつもと違う行動を取ったりすると思うよ」

ルクスの家に訪れたリディアとカレン。

しかし、ルクスはちょうど魔王城へ外出しており、家にはいない状態だ。

そんなことを知らないリディアは、様々なルクスの行動パターンを瞬時に頭の中で想定していた。

「多分何も言わずに来てるからいけないんだと思う。逆に、私たちが招待してあげたらルクス君と確実に会えるんじゃない？」

「それもそうだね――あ、開いてる」

二人が帰ろうとしていると、たまたま掴んだドアノブが問題なく回る。

それは鍵が開いているということであり、軋むような音を立ててドアが開いた。

「え？　入るの？　リディア」

「だって、ルクス君が病気なら心配だし。倒れて動けないのかもしれないし。ううん、もしかすると、それ以上に大変な状況かもしれないんだよ？」

「わ、分かった分かった……」

久しぶりに出たリディアの熱弁に、カレンはどうすることもできない。

長い付き合いだからこそ、こうなった時に手がつけられなくなると理解していた。

従姉妹であり仲間でもあるカレンだとしても、今のリディアを止めることは不可能だ。

説得を早々に諦めてリディアの後ろに回る。

「ルクスくーん。入るよー？」

「ね、ねぇ、リディア。やっぱり――」

「――どうしたの？」

「い、いや、何でもない……」

リディアが一歩目を踏み出した瞬間。

カレンの良心が動いたが、それもたやすく押しつぶされてしまう。

たった一言で、カレンを屈服させてしまうような力がそこにはあった。

既にこの家の構造を把握しているリディアは、ルクスの部屋へと最短ルートで突き進む。

そして迷いなく部屋の扉を開けると――。

「――こ、これって⁉　まさかワープホール⁉」

（……何でこんなところにあるのかな？　ルクス君が作った……としてもどんな理由で？　まさか魔王が関係しているとかないよね……）

最初に目に入ったのは、扉が全開にされているクローゼット。

服が整理されている空間に、緑色の大きな穴が開いていた。

ワープホールの存在に驚くカレンを横目に、リディアは様々な考えを頭の中で巡らせる。

普通に暮らしていく中で、ワープホールを必要とする場面は想像しにくい。

一体何があったというのか。

どれだけ違うと考えても、あの魔王の顔がずっとリディアの頭から離れなかった。

「どこに繋がってるんだろうね。気になるなぁ」

「いやいや！　リディアは驚かないの⁉　ワープホールなんて普通作れるものじゃないよ⁉　まさか、ルクス君が作ったって言うんじゃ……」

「ルクス君ならおかしくないんじゃない？　それより、どこに繋がってるのか調べてみないと」

驚きによって声が大きくなるカレンと違って、リディアは冷静に状況を判断する。

ルクスの才能を知っているのに驚く意味が分からない。

むしろ、ルクスの力を見せつけられて満足だ。

リディアからしたら、ワープホールを作ったのが誰なのかではなく、どこに繋がっているかの方が重要だった。

今すぐにでも、その答えを確かめたいくらいである。

「調べるって……リディアがこのワープホールに入ってみるってこと？」

「それしかないよね？」

「流石にそれはダメだって！　そんなことしたら……ルクス君に嫌われちゃうよ？」

「――!?」

カレンの言葉によって。

ワープホールの中に入ろうとしていたリディアの動きは完全に止まった。

脊髄反射にも劣らない反応スピードである。

ルクスに嫌われる――という一言は、どのような剛力よりも効果があるのかもしれない。

「ど、どどどうすればいい!?」

「落ち着いて。今からでも遅くないから、また今度出直そうよ。ルクス君が病気ってわけじゃなかったんだからさ」

「そ、そうだね……うん……」

何とか落ち着きを取り戻したようで、リディアは真っ青になった顔を段々赤く染めていく。

パニックからすぐ立ち直れたのは、数多の戦闘経験によるものだろう。

緊急事態で冷静になれないほど、リディアは愚かな者ではない。

二人は、また日を改めて出直すことになった。

魔王城から戻ってきたルクスが、自分の部屋に違和感を覚えるのはもう少し先の出来事である。

第五章
勇者の招待状

「ん？　手紙が入ってる。珍しいな」

ルクスが朝起きると、ポストの中に一通の招待状が入っていることに気付く。

一体誰からの手紙だろうか。

ルクスの友人の中に、わざわざ手紙を出してくるほど律儀な者はいない。

それ故にルクスがポストの中身を確認する頻度はかなり低く、今回ポストを確認したのも、実に一週間ぶりくらいである。

気付くのが遅れていたら申し訳ないなぁ――と軽く考えながら、ルクスは封を切った。

「招待状？　差出人は……リディアさん⁉　まずいまずい――！」

中身を取り出した直後に目に入ったのは、忘れもしない勇者の名前。

差出人がリディアであることを確認したルクスは、慌てて書かれている内容を読み取り始める。

チラリと見えた日付はちょうど一週間前を示しており、かなりの時間放置してしまったことは明白だ。

『ルクス君へ。一週間後、お父さんの引退パーティーを開きます。ぜひいらっしゃってください。ギルドで待ってますね。あと、その時に伝えたいこともあります』

リディアの父の引退パーティー。

確かに招待状にはそう書かれていた。

そして何よりも、一週間後という単語が目に付く。

「……えっと。一週間前の一週間後ということは――今日だ！」

ルクスは手紙を読むや否や、慌ててパーティーのための準備を始める。

全く服も用意していなければ、寝ぐせすら直せていない。

もう断る時間すら残されていないため、出席するしか選択肢がなかった。

最後に小さな文字で付け加えられている『伝えたいこと』とは一体何なのか――そんなことはすぐに頭から消える。

今は、ギルドで待っているであろうリディアの元へ急ぐしかない。

ルクスはドタバタと家の中へ駆けていった。

「はぁ……ルクス君、来てくれるかなぁ……」

「ほらほら。自信持ちなよ、リディア。まずリディアがルクス君を信じてあげないと」

「う、うん」

リディアとカレンは、ギルドでルクスの到着をソワソワと待っていた。

待ち始めてから約一時間。

リディアの顔は少しだけ不安そうになっている。

特に欠席の連絡はなかったため、無視されていなければルクスは訪れるはずだ。

訪れるはずなのだが――どうしても最悪のパターンが脳裏に過ってしまう。

「それで、どんな招待状にしたの？」

「お父さんの引退パーティーがあるから来てください――みたいな感じ。何か変かな？」

「……うーん。問題はなさそうだけどなぁ」

「そ、そうだよね」

リディアは招待状の内容を振り返る。

最大限に綺麗な字で、しっかりとルクスの家のポストに届けられているはずである。

ルクスの機嫌を損なわせるような内容ではないだろう。

まさかルクスの身に何かあったのか――そんなことを考えていた時だった。

「リ、リディアさん！　お待たせしました……！」

リディアたちの不安は、ルクスの到着によって綺麗に振り払われる。

着慣れていないスーツに、整えたのは良いものの道中で見事に崩れている髪型。

かなり息を切らしているところから、ギルドまで走ってきたことが読み取れた。

（ルクス君――！　こんなに一生懸命になって……可愛すぎる……！）

リディアは安堵を通り過ぎ、可愛らしさで体を震わせてしまう。

そこには、愛犬のような愛おしさがあった。

ルクスが頑張っている姿は、いつまでも見ていられそうだ。

今すぐ抱きつきたいという欲望を何とか理性で抑える。

「ルクス君、来てくれたんだね！」

「は、はい……すみません、招待状に気付くのが遅れちゃって。リディアさんたちを待たせてしまいました……」

「そ、そんなこと気にしなくていいよ！　それよりも来てくれてありがとう！　この日を楽しみにしてたから嬉しいよ！」

「あ、ありがとうございます……」

ルクスはホッと胸を撫で下ろす。

リディアを待たせてしまったのはこれで二回目だ。

怒られて当然とも言える失敗だが、何故か逆に感謝されてしまった。

「あ、ルクス君に紹介するね。この子はカレン。私の仲間であり従姉妹だよ」

「初めまして、ルクス君」

「は、初めまして」

カレンはルクスの前に立つと手を差し出す。

カレンからしたらルクスは見慣れた存在だが、ルクスからしたらカレンは初対面の人間だ。

違和感を残さないように、カレンはしっかりと初顔合わせを装っておく。

「――そ、それじゃあ、ルクス君とも合流できたことだし、私たちも会場に向かおっか」

「そうだね、リディア。ルクス君も大丈夫?」

「はい」

リディアはカレンとルクスの握手をそそくさと遮ると、パーティー会場のある方向を指さす。

カレンもその気持ちを察したのか、笑みをこぼしながら歩き始めた。

肝心のルクスはその後ろに付いて行くしかない。

リディアたちが立ち去った後のギルドでは、様々な噂が飛び交っていた。


「あ、やっぱりパーティー始まってた」

「すみません、僕が遅れたせいで……」

「ルクス君はそんなこと気にしなくていいよ! むしろ、お父さんの長い話を聞かずに済んだから!」

「リディアのお父さんが聞いたら泣きそうなセリフだね」

三人がパーティー会場に訪れると、既に大勢の人間がザワザワと楽しそうに会話していた。

かなり広い会場なのにもかかわらず、大勢の参加者で埋め尽くされている。

少なく見積もっても千人はこの場にいるだろう。

そして、その誰もがどこかで見たことがあるような有名人ばかりだ。

「……リディアさん。本当に僕が来てもいいようなパーティーだったのでしょうか……？」

「もちろん。だって、私が最初に招待状を出した相手はルクス君だよ？」

場の空気に呑まれて自信なさげにしているルクスを、リディアは不思議そうに見る。

サファイア魔法学校の首席で大魔法使いの称号を持つルクスが、ここまでオドオドしている理由が分からない。

確かにここには天才や重鎮と称される者が多く集まっているが、十分にルクスでも張り合えるレベルである。

ただの緊張か、それとも自己評価が低いだけなのか。

どちらにせよ、リディアがルクスの近くでサポートする口実になりそうだ。

「ねえ、リディア。お父さんにルクス君を紹介するんじゃなかったの？　早くしないと、酔い潰れて話が聞いてもらえなくなるかも」

「うん。そのつもりだったけど、お父さんはもう色んな人に囲まれちゃってるから。周りの人が少なくなったら声をかけてみるよ」

リディアは父のいる方向を見る。

やはり今回の主役というだけあって、男女問わず多くの人間が父の周りを取り囲んでいた。

今あの人込みの中に切り込むのは得策でない。

最悪父が酔い潰れていたとしても叩き起こせば何とかなるであろう。

「そっか、それもそうだね――それじゃアタシは友達のところに行くから」

「う、うん！　またね、カレン！」

状況を把握したカレンは、グッと親指を立ててその場を離れる。

特に待ち合わせている友人はいないが、リディアのことを考えると、自分がいない方がやりやすいだろうという判断だ。

リディアもそのカレンの気持ちを察したのか、グッと親指を立て返していた。

この様子なら、またリディアにご飯を奢ってもらえるかもしれない。

カレンは機嫌良く話し相手を探し始めるのだった。

「ルクス君はどこを回りたい？　立食形式だから、色んなメニューがあるよ」

「リ、リディアさんにお任せします」

「分かった！」

トコトコと歩き出したリディアの後ろを、ルクスは何も言わずに付いて行く。

カレンがいなくなった以上、ルクスが話せそうな相手はリディアしかいない。

この話しかけづらいメンバーが集まるパーティーで孤立することだけは避けたいため、リディアとはぐれないようにするしかなかった。

そんな不安げなルクスに対して。

全く離れる気のないリディアは、満足そうな表情を浮かべる。

今だけは、これまで以上にルクスに求められているような気がした。

リディアが少し方向を変えれば、それにピッタリとルクスが付いてくる。

多少スピードを上げた時は、離れないようにルクスもスピードを上げる。

やはりルクスには愛犬のような可愛さがあった。

人前でなければ、欲望のままに抱き着いていただろう。

「おっと、これはリディア殿。お久しぶりです」

「……ああ、お久しぶりです」

そんな昂っているリディアに、中年の一人の男が声をかける。

ルクスとの時間を邪魔されたことは腹立たしかったが、交流を目的としたパーティーであるため仕方がない。

男がどこの誰なのか全く思い出すことはできないが、適当に話を合わせておく。

「以前お会いした時から……十年ほどでしょうか。噂はちゃんと聞いていますよ」

「はあ……ありがとうございます」

「十年前は可愛らしい女の子だったのに、今では国を守る勇者ですからねえ。時の流れというのは恐ろしいものです」

昔を懐かしむようにしてリディアを眺める男。

顔、全身、そして成長がハッキリと分かる部分をずっと見つめている。

バレていないつもりなのだろうが、その視線はリディアにしっかりと伝わっていた。

軽く張り倒してしまいたいが、父の名誉のためにも、ルクスにガサツな女と思われないためにも、ここは黙って時間が過ぎるのを待つ。

しかし、今回はそれが悪手だったようだ。

適当に話を進めていると、人込みの中から小太りの男が現れた。

「いやー、まさか本当にダリアン殿がリディア殿とお知り合いだったとは」

「だから言ったでしょう。過去に一度お話をしたことがあると」

「いやはや。嘘だと思っていたわけではありませんが、この目で見ないと信じ切れない性格なもので。ハッハッハ」

どんどん悪くなる状況。

どうやら、ダリアンと呼ばれた男とリディアのやり取りを観察していたらしい。

やはりダリアンという名前に聞き覚えはないが、もう二人の間では知人として認識されてしまっている。

「初めまして、リディア殿。私はフェデリコです。隣の国で商人をやっております。ダリアン殿とは昔からの友人でして」

「……どうも」

「うーん。やはり写真で見るよりも実物の方が何倍も美しい。お会いできて光栄です」

フェデリコもまた、ダリアンと同じようにリディアの全身を舐めるように見る。

もはや隠そうとする気さえ感じられなかった。

強引にルクスを連れてこの場を離れるべきか。

リディアがそう考えているところで、逃がすまいと二人が会話を続ける。

「そういえば、息子がサファイア魔法学校に入学いたしましてね。リディア殿に興味を持っていただけると嬉しいのですが」

「おお！　それは凄いではないですか、ダリアン殿。サファイア魔法学校といえば、あのエリートが集まる有名な学校ですぞ」

「フフ、その中でも成績上位として扱われているようで。リディア殿のパーティーとして相応しい人間になりそうです」

ここで、分かりやすくダリアンの目的が露呈した。

どうやらダリアンは、息子を勇者のパーティーに加えさせたいようだ。

わざわざ近付いてきたのも、息子の存在を知ってもらうためなのだろう。

当然、リディアはそのようなつまらない人間に興味はない。

「今でも優秀なのですから、卒業する頃にはもう――」

「すみません。息子さんをパーティーに誘うことはなさそうです」

「…………今何とおっしゃいましたか？」

ダリアンは信じられないといった様子でリディアに聞き返す。

フェデリコもリディアの言葉を聞いて固まっていた。

「私のパーティーに加入する人はもう決まっています。残念ですが、息子さんは他のパーティーをあたってください」

「……ちょっと待ってください。誰ですか？　その人間は？　あまり言いたくありませんが、決断を急ぐとろくなことになりませんよ？」

冷静さを失い、焦りを見せるダリアン。

先ほどまでとは比べ物にならないほど早口になっている。

断られる事実ではなく、既に候補が決まっているということが問題らしい。

候補が決まっているということは、もうリディアがパーティーメンバーの募集をする必要がないということ。

競争のスタートラインにすら立たせてもらえないということだ。

多少の競争は覚悟していたものの、無条件に負けるというのは受け入れられない現実だった。

「私が心に決めたのは……この人ですっ」

「え？」

リディアはそう言うと、ルクスの腕をグイッと抱きしめる。

突然の抱擁で、ボーっとしていたルクスは何が何だか分からない。

目の前には、様子のおかしい男が二人。

一体何を話せばこのような表情になるのか。

ずっと料理の方を見ていて、話を聞いていなかったことが悔やまれる。

「な、何故そのような男が……」

「彼はサファイア魔法学校出身です」

「む。それなら私の息子の方が優れている可能性だって――！」

「それは首席と大魔法使いの称号を取得してから言ってください」

ダリアンが目を見開く。

息子の能力を過信しているダリアンでさえ、それは不可能だと悟ったようだ。

無理難題と言っても過言ではない。

そもそも、それを成し遂げたのが歴代でもたった一人――。

そこで、ダリアンは目の色を変えてルクスの方を見た。

「まさか――この男が」

「じゃあルクス君、あっちの方も見てみようか」

「あ、はい」

リディアはルクスの腕を取ったまま、ダリアンとフェデリコとは逆の方向へと歩いていく。

呆然としているダリアンは、もうリディアを呼び止めるようなことはしなかった。

否。

呼び止められなかった。

「これは……相手が悪いと言うしかないでしょうな。ダリアン殿」

「まさか、噂には聞いていたがあのような男だったとは……」

リディアは確かにルクスと呼んだ。

サファイア魔法学校にかかわりを持っている者なら、誰でも知っている名前だ。

文字通り――相手が悪い。

隣国に住んでいるフェデリコでさえ、諦めるように促してくる。

何か奇跡が起きたとしても、勇者パーティーの座を勝ち取ることはできないだろう。

「気を落とさないでください、ダリアン殿。リディア殿以外のパーティーが駄目という話ではありません。私は素晴らしいパーティーを沢山知っていますよ」

「そうですか……」

「ええ。中には、私からお話しできるパーティーも存在していますから。今は息子殿の成長を待とうではありませんか」

それに――とフェデリコは付け加える。

「どうやら、リディア殿はルクス殿に熱があるようですからな」

フェデリコの言葉によって、ダリアンは深いため息をつく。

リディアがルクスを見る時の目、挙動、距離感。

どう考えても好意を持っているものである。

ダリアンも当然そのことは見抜いていた。

こればかりは認めざるを得ない。

「……ありがとうございます。考えておきます」

「いえいえ。私も珍しいダリアン殿を見ることができましたから」

ダリアンは苦笑いをしながら。

フェデリコはクスクスと笑いながら。

リディアたちとは逆の方向へと消えていったのだった。


「さっきはごめんね、ルクス君」

「だ、大丈夫です」

ダリアンたちから離れたところで、リディアは申し訳なさそうにルクスへ謝る。

その謝罪に対する返事は、当然問題ないという旨のものだ。

ルクスからしたら、どうして謝られているのかすら正確に分かっていない。

「たまーに、ああいう変な人に絡まれるんだー。勘弁してほしいよね」

「それは、リディアさんが有名だからですよ。だから仕方ないと思います」

「そ、そうかな。えへへ」

ルクスのフォロー（？）に、嬉しそうな顔をするリディア。

有名人というだけあって、こういった悩みも多いらしい。

ルクスも、在学中には多くの教師や生徒から声をかけられることがあったため、リディアの気持ちも分かるような気がする。

「ルクス君が絡まれそうになった時は私に言ってね！　追い払ってあげるから！」

「あ、ありがとうございます……」

意図せずルクスは最強の用心棒を手に入れてしまった。

このサービスを使う機会は恐らくないだろうが、とても心強い存在だ。

リディアの仲間を守りたいという気持ちがハッキリと伝わってくる。

この会話を機に、リディアがピッタリとルクスの横にくっつくことになったが、これも守りたいという気持ちの表れなのだろう。

「おーい、リディア。隣にいるのは誰だ？」

「はぁ――ってお父さん！」

またもやリディアにかかる声。

やれやれと呆れたように振り返ると、そこには本日の主役である父親がいた。

この時間帯に、父親側から話しかけてくるのは予想外だ。

もう少しでナンパと勘違いして無視していたかもしれない。

「友達とのお話は終わったの？」

「いや、たまたまお前が見えたから来ただけだ。すぐに戻るよ」

それより――と、父親はルクスの方を見る。

「もしかして、この子が噂のルクス君かい？」

「うん、そうだよ。お父さんもルクス君も初めてだったよね？」

「そうか、君がルクス君か。俺はヘンド。よろしく」

「は、はい！　よろしくお願いします！」

ルクスに緊張が走る。

ヘンド――リディアの父であり、数々の偉業を成し遂げている本物の英雄。

魔人を封印したという伝説から、飢えに苦しむ人々に食料を配って回ったというめざましい業績まで。

この国を代表するような人物だ。

二メートルは下らない巨体に、スーツを破ってしまいそうな筋肉量。

握手をしただけでも、その実力が手に取るように分かった。

これで引退するという事実が信じられない。

全盛期はどれほど凄かったのか――想像するだけでも恐ろしい。

「君の話は嫌というほどリディアから聞かされたよ。今の勇者パーティーにはルクス君が必要だって」

「そ、そうなんですか……」

「ああ。わざわざ君のプロフィールまで作ってきてたからね。面接をしているような気分だったよ」

「お、お父さん！　ルクス君の前でその話はしないでよ……！」

恥ずかしそうに顔を赤くするリディア。

いつも堂々とコンタクトを取ってくるリディアでも、裏側を知られることには抵抗があるらしい。

軽くヘンドの胸を突き飛ばしていた。

「あの、僕なんかに時間を使わせてしまって――」

「いやいや、君は優秀だ。君にならリディアを任せられるよ。実際に一度リディアを守ってくれたみたいだし」

ポンと大きな手がルクスの肩に乗せられる。

ルクスに対するヘンドの印象は、かなり良いものとなっているようだ。

リディアの目を信じていなければ、初めて会ったルクスをここまで信用することはできないだろう。

父と娘の間にある、強い信頼関係が見えたような気がした。

「それじゃあ、ルクス君は私との結婚を前提にパーティーに入ってもらうようにするから」

「え？」

「んー……リディアの選択に文句を言うわけじゃないが、もう少し遅くてもいいんじゃないか？」

「あの……ちょっと」

「どうして？　どうせ結婚するなら早い方がいいでしょ」

「まあ分からなくはないんだが……リディアもルクス君もまだ若いわけだし」

「お父さんは考え方が古いよ。愛さえあれば年齢なんて関係ないじゃん」

「うむ……まあ、そうかもしれないな」

「じゃあ決まりね。お父さんは文句言わないでよ？」

「う、うーむ……」

ルクスが介入する余地もなく。

リディアとヘンドの間で、とてもとても大事な話が進められる。

そして、どちらかと言えば味方であるヘンドが完全に言い負けてしまった。

今からでも異論を唱えた方が良いのだろうか。

もしそうしたとしても、リディアと討議するほどの度胸はルクスにはない。

ヘンドの二の舞を演じて終わりそうだ。

「まあ……頼んだよルクス君。これからリディアとカレンを助けてあげてくれ」

「は、はい」

ヘンドは諦めたように笑いながらその場を離れる。

このまま居座っていたら、痛い目を見るだろうという判断だ。

リディアが強いこだわりを持っているものには、あまり否定的な意見を述べない方がいい。

過去にリディアと対立した者は、全員が大怪我を負わされている。

それはヘンド自身も例外ではなかった。

「もう。お父さんには困っちゃうね」

「意外と優しい人だったんですね……僕はもっと怖そうな人だと思ってました」

「アハハ。あんな顔してるからねー。よく勘違いされてるんだー」

それじゃあ――と、リディアはルクスの手を取る。

「気を取り直してパーティーを楽しもっか！　結構高いお酒も飲み放題だよー」

それからは。

妙に上機嫌なリディアによって、ルクスはパーティー会場を連れ回されることになった。

「ふー、美味しかったね。ルクス君はどう？」

「…………………え？」

パーティーの中盤。

序盤に楽しめなかった分を取り返そうと、急ピッチの飲食を繰り返したリディアとルクス。

酒に強いリディアはともかく、飲み慣れていないルクスはフラフラと体を揺らしていた。

実際に、リディアの質問に反応するのにもかなりのタイムラグが生じている。

その声にも、覇気は一切宿っていない。

完全に酔っ払っている状態だ。

「……すみません、今なんて言いました……？」

ウツラウツラと、眠そうな声でルクスは聞き返す。

気を抜くと、今すぐにでも寝てしまいそうである。

リディアの前だからこそ何とか眠気に耐えているのだろう。

「……えい」

リディアは少し悩むと。

そんなルクスの肩を持ち、寝かせるように体を倒す。

そして、ルクスの頭は見事にリディアの太ももへ着地した。

その際の衝撃は柔らかさで完全に吸収され、ルクスをさらに深い世界へと誘う。

数秒後には、すうすうと小さな寝息が聞こえてきた。

「……えへへ」

眠っているルクスの顔を見て、リディアのニヤニヤが止まらない。

太ももに感じる重みすら心地良く感じられる。

ルクスの寝顔をここまで至近距離で見るのは初めてだ。

そして、どれだけ眺めていても飽きるものではない。

ふと魔王の攻撃から守ってもらったことを思い出し、体が勝手にルクスの頭を撫でてしまう。

いつもなら抵抗するであろうルクスも、今は眠っているためされるがままだった。

その事実が、さらにリディアを昂らせる。

「ずっとこのままならいいのになぁ……」

リディアのその呟きは、誰にも聞かれることなく会場の声に掻き消された。

……意図せず出てきた言葉だったが、冷静に考えると結構恥ずかしい。

ルクスが眠っているから良かったものの、もし聞かれていたら翌日はずっと布団にくるまって過ごさなくてはならないほどの失態だ。

やはり自分も少し酔っぱらっているのかもしれない。

そう考えると、リディアにも心地よい眠気が訪れる。

そして、リディアはその眠気に抵抗するようなことはしない。

ルクスの頭に手を置き、ゆっくりと瞼を閉じる。

するど、簡単に意識は途切れたのだった。


「あ、いたいた。リディア、もうすぐパーティーは終わるみたいだから――って二人とも寝ちゃってる」

「……あ、カレン。もうそんな時間なの……？」

カレンの声によって目を覚ましたリディアは、チラリと時計を確認する。

確かにその時計の針はパーティーの終了時間を示していた。

ルクスと一緒に眠っていたら、かなり長い時間が経過していたらしい。

食事が置かれていたテーブルは既に片付け始められている。

あれほど集まっていた参加者たちも、今は一人か二人しか見つけることができなかった。

とにかくこの会場からは出なくてはいけない。

勿体ない気持ちを感じながらも、ルクスを起こすために体を揺する。

「ルクスくーん。起きてー」

「……全然起きないね」

「もうかわいそうだから起こさないでおこうよ」

「……リディアはルクス君に対して甘いよね」

ポンポンと肩を叩いても起きる気配はない。

嫌そうにその体を動かすだけだ。

このような反応をされてしまったら、リディアはもう手が出せなくなる。

ルクスが嫌そうにしている姿は、たとえどんな状況でも見たくはなかった。

「ルクス君は私がおんぶして家まで送ってあげようかな」

「だ、大丈夫なの？　リディアもお酒飲んでるよね？」

「これくらいなら大丈夫だよ。仲間の面倒を見るのはリーダーの役目だし」

「流石だね……心配だからアタシも付いて行くけど」

リディアは器用にルクスの体を持ち上げて背中で支える。

全く重さは感じない。

驚くほどすんなりと持ち上げることができた。

これならまだカレンの方が重いのではないかと思えるほどだ。

「……リディア。何か失礼なことを考えてない？」

「え？　き、気のせいだよ……アハハ」

「ならいいんだけどさ」

気まずそうに笑いながら、リディアはルクスの家に向かって歩き始める。

カレンの鋭い指摘には驚かされたが、特にそれ以上追及するような意地悪はしてこない。

一瞬だけツンとした表情になったが、会場を出る頃にはいつものカレンに戻っていた。

「リディアは今日楽しめた？」

「うん！　ルクス君ともお話しできたし、お父さんにもルクス君のこと紹介できたし！」

「そっか。アタシはナンパされてばっかりだったからなぁ……まあ、退屈じゃなかったから良かったかも」

「アハハ、カレンはモテモテだねー」

「褒めても何も出ないよ――あ、ちなみに今回協力してあげた分は覚えてるよね？」

「もー、忘れてないよー。スイーツバイキングでいい？」

「いえーい！　リディア大好きー！」

グリグリとカレンの頭がリディアの肩に押し付けられる。

カレンなりに喜びを表しているのだろうが、妙に力強くて歩きにくい。

場の空気的に文句を言うこともできなかったため、その愛情表現はルクスの家に到着するまでずっと続くのだった。

第六章　魔人復活

「ふぅー、今日は大量だったな」

「ああ。これならみんな喜ぶな」

「まさかこんな穴場があるとは思ってなかったぜ。明日も――ん？　おい、ちょっとアレ見てみろよ」

「あぁ？　アレは……祠《ほこら》か？」

山菜採りをしていた青年二人は、祠を見つけてついつい立ち止まる。

辺りは少し暗くなり始めており、そろそろ家に帰らなくてはいけない。

しかし。

そんな状況でも好奇心は抑えられなかった。

キョロキョロと周りを確認してから、その祠へと近付いていく。

「……おいおい。何でこんな所に祠があるんだ？」

「ずっとここらに住んでるけど、こんなのがあるなんて聞いたことがねえな」

人里離れた土地にポツンと存在している祠。

たまたま山菜採りで訪れていなければ、恐らく永遠に見つけられていなかっただろう。

ここはかなりの山奥であり、わざわざこんな場所に祠を作る理由が分からない。

さらに、尋常じゃないレベルで謎の御札が大量に貼られている。

全体的にボロボロなところを見ると、この祠が作られて長い年月が経っているようだ。

「中に何かあるか？」

「……んー、何かあるな。なんだこれ——壺か？」

「壺？　ちょっと取ってみろ」

青年たちは無理やり祠を開けて、置かれている壺を取り出す。

もしかしたら、かなり価値のある物が入っているかもしれない。

この場には二人以外誰も人がいないため、壊したとしても犯人が自分たちだとバレる心配はないはずだ。

開けない理由は一つもなかった。

「うえっ、汚いな……」

「どうしてこんな壺が大事そうにしまわれてあるんだ……？」

「その壺の中に凄いのが入ってるんじゃねーの？　というか、それしか考えられないだろ」

青年が壺を触った瞬間、手に真っ黒な汚れがつく。

持ち合わせていたタオルで拭き取ろうとしても、その汚れはタオルを黒く染めるだけで全く落ちる気配がない。

気持ちの悪い壺だ。

早く中身を確認して汚れをどうにかしたいという感情が強くなる。

「……クソッ、固くて開かないな。どうする？」

「割るしかないだろ。そこに岩があるから投げつければいい」

確かに――と頷き、青年は軽くその壺を持ち上げると、大きく振りかぶって勢いよく落とした。

流石にその衝撃には耐えられなかったようで、壺は気持ちのいい音を立ててそこら中に弾け飛ぶ。

そして。

割れた壺の中から――紫色のヘドロが溢れ出してきた。

「うおぉ⁉　気持ちわりぃ⁉」

「何なんだよこれ……！」

紫色のヘドロは青年たちに見向きもせず、祠へゆっくりと移動をし――。

貼られてある大量の御札を体の中に取り込み始める。

ドロドロだったヘドロも、御札を一枚取り込むたびに少しずつ体が形成されていく。

青年たちはその光景を見ていることしかできない。

その場から逃げ出すという考えは浮かびもせず、文字通り釘付けになっていた。

「あ、や、ヤべェ……！」

気が付くと。

一分もしないうちにヘドロは化け物の姿になり、じろりと青年たちを睨みつける。

完全に逃げるタイミングを失ってしまった。

今から走ったとしても逃げ切れる気がしない。

かといって隠れることもできない。

今になってようやく壺を割ってしまったことを後悔する。

「……久しぶりの感覚だ。あの男に封印されてから数十年――ククク」

「ば、化け物！　うわあああぁぁぁ！」

元紫色のヘドロが喋りだしたところで。

青年の一人は突然大声を出しながら走り出す。

その様子は、発狂という言葉がピッタリだった。

「――まあ落ち着けよ。礼くらい言わせてくれ」

化け物は目にも止まらないスピードで逃げ出した青年を捕まえる。

長い尻尾、張り裂けそうな筋肉、二本の角。

人間とは明らかに違う。

この化け物には絶対に勝てない――それだけは本能で理解できた。

「お前たちには感謝するぞ。まさか封印を解いてくれるとは」

「や、やめてくれ……殺さないでくれ……」

「そうか。それなら特別に殺さないでおこう。恩人――だからな」

そう言うと、化け物は青年の口に指を突っ込み、紫色のヘドロを体内へと流し込んだ。

苦しそうにもがき、顔色は真っ青に変化する。

もう一人の青年は、腰が抜けて一歩も動けない。

ただ、声を出すだけで精いっぱいだった。

「お、お前は何者なんだ……」

「名はヤルダレコード。人間たちには魔人と呼ばれていたはずだ」

そして――と、ヤルダレコードは付け加える。

「お前たちには俺の駒になってもらう。あの人間に復讐するためのな」


「セレナ様、大変なことが起こりました」

「……分かっている。というか昨日から何となく気付いてた」

早朝。

いつもならまだぐっすりと眠っているであろうセレナも、今日だけは目を覚まして机に向かっている。

睡眠時間を邪魔された怒りは大きい。

セレナは不機嫌そうな顔で用意された書類を見つめていた。

「確認された反応は三つです。その中でも一つだけ飛び抜けて強力でした」

「うむ……面倒な奴が現れたな」

「このレベルですと、魔人と考えてもおかしくありません。急にこの世界に現れましたから、何かの拍子で封印が解かれたとしか」

セレナは大きなため息をつく。

魔人――という予想は恐らく当たっている。

でなければ、ここまで強い反応が出るわけがない。

ここで問題となったのが、この魔人が出現したことによる自分たちの対応。

わざわざこちら側から手を出さなければ、魔人も敵対してくるようなことはしないだろう。

故に、放っておくことが今回の正解だと思われ、ミリアムも当然そう考えているはずだ。

「――で、そいつは今どこにいるのだ？」

「人間たちの国へ一直線に向かっています。目的は人間のようですね」

「……その国にルクスもいるのだな？」

「はい」

ミリアムの返事を聞いたセレナは、やれやれと言わんばかりに立ち上がる。

セレナからしたら、人間たちが滅ぼされようと特に問題はない。

むしろ、自分に歯向かおうとする者が消えるため嬉しいくらいである。

昔の自分なら、絶対にこの魔人のことは無視していた。

しかし、今なら話は別だ。

「それでは、我々はこの魔人と敵対するということでよろしいですね？」

「そうだ。すまな――ごめんね、ミリアム」

「セレナ様が謝る必要はございません。私たちはセレナ様の後ろを付いて行くだけです」

「……ありがとう」

「礼を言う必要もありませんよ。それでは」

ミリアムはペコリと一礼して部屋を後にする。

セレナの判断に不満を抱いている様子は一切ない。

出さないようにしてくれているだけかもしれないが、その気配りが何よりもありがたかった。

そして。

敵対するとなった以上は、すぐにでも動き始めなければいけないこともしっかりと理解している。

部屋に一人残されたセレナは、意味もなく歩き回って悩んでいた。

「魔人……か。ううぅー」

奇妙な声をあげながら、セレナは整えられた髪の毛をグシャグシャと崩す。

反応の強さから考えて、魔人と自分の力はほとんど互角。

近くにいる二体を合わせたら少々不利とも言える。

たった一人の人間のために危ない橋を渡る――自分でもそれが馬鹿な行為だと分かっていた。

それでも後悔はしていない。

ただ、従者たちの忠誠心が少しだけ痛かった。

「……もおー！　しょうがないんだからー！」

誰もいない部屋でそう叫んでから。

ようやくセレナも動き始めることになる。

◇

「リディア、話は聞いてるよね？」

「うん。かなりマズい状況みたい。とりあえずギルドに急がなきゃ」

ギルドに向かう道中。

リディアとカレンは、ちょうど角を曲がった瞬間に鉢合わせる。

かなり緊急の招集であるため、どちらもまだ寝ぐせがいくつか残っていた。

それでも、そんなことは気にしていられないほど事態は急を要している。

いつもなら身だしなみに気を使っているリディアも、今日だけは何か細かいことを言う気配はない。

「魔人って本当なのかな？　ずっと前に、リディアのお父さんが封印したっていう話を聞いたんだけど」

「……お父さんはあんまりその話をしてくれないから分からない。でも、もし本当なら封印した魔人が復活したってことだよね……」

まさか──と。

そこで二人の会話は止まる。

もし本当に魔人が現れたとするならば、絶対に戦いは避けられないだろう。

それなのに何も準備ができていない現状──危機感を抱くのは当然だ。

ゴクリと二人は唾を飲み込む。

「……とにかくギルドで詳しい話を聞いてみるしかなさそうだね」

「そうだね。何かの間違いだといいんだけど……」

「う、うん……」

間違いであるはずがない──そんなことはどちらも分かっているが、そう言って心を落ち着かせるしか今はできなかった。


「リディア様にカレン様！　お待ちしておりました！」

ギルドに到着した瞬間。

顔を青くした職員たちから、まるで救世主かのように二人は迎えられる。

通常に比べて職員の数は大幅に減っており、冒険者の代わりに兵士たちが多く集まっていた。

ギルドがこんな状態になるのは久しぶりだ。

慣れない空気に戸惑いながら、二人は用意されている席へと向かう。

「おう、来たな二人とも」

「お、お父さん⁉　引退したんじゃなかったの⁉」

「いや、そのつもりだったんだが、ギルドからどうしても来てほしいって頼まれてな……断るに断れなかったんだ」

用意された席には先客が一人。

冒険者としては第一線から退いており、先日引退パーティーをしたばかりのヘンドがいた。

数十年前に魔人を封印した張本人であり、味方となればここまで頼りになる人間はいない。

全盛期ほどの力は出せなくても、並の助っ人よりは何倍も活躍してくれるはずだ。

かなり嬉しい誤算である。

「お父さん、やっぱり魔人って本当だったの？」

「ああ。尻尾に筋肉に角――この目撃情報が本当だとしたら、魔人が復活したと考えて間違いないな」

「だ、誰が封印を解いたの⁉　まさか魔王が……」

「それは俺にも分からん。誰も通りかからないような山奥に祠を作ったはずなんだが……まさかこんなことになるとはなぁ」

ヘンドは不思議そうにタバコを吸う。

祠がある場所は、ヘンド以外誰も知っているはずがない。

娘であるリディアも、かつて共に戦った仲間たちも——だ。

だからこそ、このような事態を引き起こした犯人の見当もつかなかった。

「国の偉い人に頼んで保管してもらえばよかったのに……」

「いや、流石に他人には任せられない。自分の手で見つからない場所に隠したかったんだ」

「そ、そっか……そうだよね」

「起きたことはもう仕方がないよ、リディア。今はどうすればいいかを考えないと」

カレンの言葉によって、綺麗に話題が魔人対策に戻る。

冷静さを欠いていたリディアは、恥ずかしそうに椅子に座り直した。

「おじさん、もう一度魔人を封印できそう？」

「……難しいな。あの時は意表を突くことで何とか封印ができたが、恐らくもう二度と通用しないだろう。それに今回のようなことがあると、また魔人に復活のチャンスを与えることになるかもしれない」

「じゃ、じゃあどうすればいいの……？　手の打ちようがないってこと？」

「いや、そうは言っていない。一番簡単な方法が残っているだろ？」

それは——と、ヘンドが告げる。

「封印などせずに、魔人をそのまま殺せばいい」

ヘンドの口から出てきたのは、あまりにもシンプルな答えだ。

そしてそのシンプルな答えは、他にはもう方法がないということを表している。

封印が使えなくなった以上はもう殺すしかない。

代替案は誰の口からも出てこなかった。

「それはそうだけど……そんなことできるの？　だって、全盛期のお父さんでも封印するしかなかった相手なんでしょ？」

「今の俺には無理だろうな。だが、リディアとカレン――お前たちがいるなら大丈夫だ」

「「わ、私たち⁉」」

二人は口を合わせて驚く。

かなり重要な位置付け――どころか、二人を主軸にヘンドは作戦を考えていた。

戦うことは覚悟していたものの、ここまで期待されているとは予想外だ。

これまでに倒してきたドラゴンやゴーレムなどとは格が違う。

どうやっても過去一番の敵という事実は揺るがないだろう。

さらに、今回は自分たちの敗北がそのまま人々の犠牲に繋がる。

責任、プレッシャー、様々な思いが二人の体に重くのしかかった。

「……でも、私たちがやるしかないんだよね」

「リディア……うん、そうみたい」

「やろう。みんなを守らないと」

リディアはすぐに決断を済ませる。

不安な気持ちはあっても、やらないという選択肢は存在していない。

それはカレンも同じようだ。

勇者として逃げるわけにはいかなかった。

「良い目だ、二人とも。それじゃあ作戦を伝える」

ヘンドはそう言うと、大きな地図を机の上に広げ、自分たちの国を大きく丸で囲む。

「今確認できている範囲だと、魔人は俺たちの国に一直線で来ているらしい。時間にしてあと二日。それを正面から迎え撃つ――いいな？」

「……兵士たちも一か所に集めるってこと？」

「そうだ。被害を少なくするためには、短期決戦で決める必要がある。犠牲者を少なくするように上から命令されたからな」

「戦力を集中させるのって少し危険じゃない……？　もしも何かイレギュラーが起こった時が心配だけど……」

「……確かにそうだが、こうでもしないと魔人を殺せるか怪しいんだ。それに、報告によると魔人は一人で行動しているらしい。行動にも限界はある」

ヘンドの作戦に不安を覚えるリディアだが、魔人は一人という情報を聞いて納得するように頷いた。

リディアが危惧していたのは、魔人の仲間に自分たちの背中を取られる可能性。

それも、一人しかいないということなら警戒する必要はなくなる。

ヘンドの言う通り、戦力を固めた方が得策だろう。

「……リディア、どう思う？　勝てると思う？」

「数の差で勝てる相手ならいいんだけどね……そんな簡単にはいかないような気もする」

「心配するな、リディア。昔一緒に戦った仲間よりお前の方が遥かに強い。カレンもそうだ。だから弱気になる必要はないぞ」

ヘンドは、リディアとカレンを激励するように肩を叩く。

もちろん二人のために適当な言葉を並べているわけではない。

リディアとカレン――どちらも小さな時から手塩にかけて育てた逸材だ。

特にリディアは群を抜いており、十五歳の頃には既に自分と並ぶほどの技術を持っていた。

一度試しに手合わせした時は、背中に大怪我を負わされている。

性格に多少の難はあるものの、一人の戦士として最も実力を信頼している存在である。

「……ありがとう、おじさん」

「そうだよね、弱気になっちゃ駄目だよね」

「その意気だ。頼りにしてるぞ」

それじゃあ――と、ヘンドは二人の顔を見る。

「何か他に気になったところはないか？」

「うん、大丈夫」

「分かった。それじゃあ決戦は二日後だ」

グリグリとヘンドは吸っていたタバコの火を消す。

自分たちに残された時間はたったの二日しかない。

普段は緊張しないリディアとカレンも、落ち着かないようにモジモジと体を動かしていた。

第七章　魔王と勇者と人間と

「おはよ、リディア」

「おはよう、カレン。昨日は眠れた？」

「もちろん。それより凄いね、こんなに兵士が集まるなんて」

かつての戦争によって廃墟となった都市メリルネ。

魔人の通り道となるであろうこの都市には、リディアとカレンをはじめ、武器を持った多くの兵士が集まっていた。

人々に捨てられたこの都市に、多くの人間が足を踏み入れるという違和感。

そんな不思議な感覚を覚えながら、リディアたちは魔人の到着を待ち続ける。

「ああ、ちょっとお腹痛くなってきたかも……」

「しっかりしてよ、カレン。気持ちは分からなくもないけど」

カレンは緊張した面持ちで廃墟の壁に持たれかかった。

今回だけは絶対に失敗が許されない。

その事実が、いつも気楽なカレンには余計に重く感じてしまうらしい。

カレンがもしも喫煙者だったとしたら、この時間はずっとタバコを吸い続けていただろう。

「魔人がここに来るのは昼頃だったっけ？　どうしよう、もう一回トイレに行ってこようかな……」

「……本当に大丈夫なの？　魔人が来た時に準備中とか怒るからね？」

「そ、それは流石に大丈夫だよ。リディアこそ準備はできてるの？」

「できてるに決まってるでしょ。だって私は、この戦いが終わったらルクス君と結婚する約束までしてるんだから」

「何でか分からないけどそのセリフは縁起が悪いからやめて……」

カレンは不安そうにしながら、一度腰に付けているナイフと持っている剣をリディアに預ける。

まだ昼頃になるまで時間は十分にあった。

万全な状態になってもらうためにも、リディアがカレンを止めることはない。

しかし。

カレンがトイレに向かっての一歩目を踏み出した瞬間に――。

遠くの廃墟が大きな音を立てて崩れ落ちた。

「え？　嘘……」

「ま、まさかもう来たの⁉」

ザワザワとした空気が一気に広がる。

待機中の兵士たちは連鎖的に立ち上がり、全員が壊された廃墟を見つめていた。

老朽化によって自然に崩れ落ちたというのか。

いや、それにしてはタイミングが良すぎる気もする。

それなら魔人が到着したというのか。

報告では昼頃と聞いていたが、まだまだ昼と呼べる時間帯ではない。


「――来たぞ！　魔人はすぐそこにいる！」


困惑した声が飛び交う中で聞こえてきたのは、この作戦のリーダーであり唯一魔人と戦った経験のあるヘンドの声。

その大声は兵士たちの雑音を掻き消し、ここにいる全ての人間の耳に届いた。

そして、それを聞いた兵士たちは一斉に「うおおおおお」と咆哮をあげる。

「リディア！　カレン！　付いてこい！」

「カレン、行くよ！」

「ちょ、ちょっと待って――わたたた」

腰に付けるナイフと剣を返されたカレンは、慌ててそれらをもう一度装備し始める。

もうトイレに行っているような時間はない。

作戦の主軸として、絶対に出遅れるわけにはいかなかった。

「もー！　話が違うじゃん！」

「今そんなことを言っても仕方ないよ、カレン」

二人が走っている間にも、廃墟は次々に破壊されていく。

その際に弾け飛ぶ瓦礫は、運の悪い兵士たちを巻き込みながら地上に降っていた。

リディアとカレンであれば飛んでくる瓦礫も反射的に避けることができるが、並みの兵士たちでは目で確認するだけでも精いっぱいだ。

兵士たちの命が、まるで虫のように軽く消えてしまう。

瓦礫の山を取り囲む頃には、三分の一ほどの数が減ることになった。

「諸君、随分と大人数での歓迎だな」

「やはり貴様か、ヤルダレコード！」

ヘンドは集まっている兵士たちを掻き分けて魔人の前に立つ。

その姿を見てヘンドは確信した。

目の前にいるのは、この手で間違いなく封印した魔人――ヤルダレコードだ。

「――！　クク、願ってもない。こんなすぐに会えるとは思ってもいなかったぞ」

「ああ。俺も貴様とは二度と会わないと思っていたがな」

「そんな冷たいことを言うな。今は再会を喜び合おうではないか――少し見ないうちに老けたな、ヘンド？」

ヘンドを見つけたヤルダレコードは、機嫌良く身振り手振りを交えながら会話を続ける。

周囲を完全に取り囲まれているのにもかかわらずこの余裕。

その不気味な雰囲気に、背後を取っている兵士でも襲い掛かることはできなかった。

「残念だ。俺はあの時のお前と戦いたかった。このような老いぼれを殺したとしても何も面白くない」

「何だと？」

「お父さん、挑発に乗っちゃダメだよ！」

「――お父さん？　……そうか、娘か。ちょうどいい」

不敵に笑うヤルダレコード。

もう目線はヘンドではなく完全にリディアへと向けられている。

それほどまでに、リディアの存在は興味を惹かれるものだったらしい。

「良い目をした娘だな、ヘンド。潜在能力はあの時のお前以上だ」

「リディア、気を付けて。あの魔人……何か企んでる」

「分かってる、カレン」

リディアとカレンはギュッと剣を強く握る。

ヤルダレコードが何を考えているのかはさっぱり分からない。

それでも、警戒しなければいけないということだけは理解できた。

「お前が老いた分は娘で我慢するとしよう。それなりに楽しめそうだ」

そして――とヤルダレコードは付け加える。

「ヘンド、お前を殺すのは最後だ。娘が殺される様をそこで見ていろ」

「殺されるのは貴様だ、ヤルダレコード。状況が分かっていないようだな。たった一人で何ができる？」

「一人だと？」

「そうだ。ここにいる多くの兵士たちに対して、貴様はたった一人だけ。今度は封印という生ぬるい形では終わらせないからな」

ヘンドがそう言うと、ヤルダレコードの周りを取り囲んでいた兵士たちが一歩だけ前進する。

たった一歩――歩幅にして七十センチメートルほどの前進だったが、一気に人間の円が縮まる威圧感は目を見張るものがあった。

しかし。

それでもヤルダレコードの余裕を崩すまでには至らない。

それどころか、何やらおかしそうに笑っている。

「……何がおかしい？」

「いやいや、失敬」

「隠しても無駄ということは分かっているはずだ」

「そうか。では仮に、俺の駒が全く別の場所を襲撃していると言ったら――どうする？」

「なっ！　まさかそんなこと――！」

「落ち着けリディア。ブラフだ。報告ではヤルダレコード一人だと言われている」

明らかに動揺するリディアを、ヘンドは諭すように落ち着かせる。

ヘンドの元に入ってきている情報では、ヤルダレコードは一人で行動しているとしか報告されていない。

この国に向かっている道中で仲間を作ったのだとしたら、目撃情報として報告されるはずだ。

ブラフにしてはやけにつまらないものであるが、リディアには少なからず効果があったらしい。

自分の地域がある方角をチラチラと気にしていた。

「無駄話は終わりだ。もし貴様の言っていることが本当なら、今すぐ貴様を殺して残党を蹴散らすとしよう」

「どうやら自信家な性格は変わっていないようだな――」

「――食らえ！」

先手必勝と言わんばかりに、ヘンドは大剣を片手に突撃する。

足元が安定しない瓦礫の山でも、全く姿勢を崩すことなくヤルダレコード目掛けて一直線の突進だ。

ヘンドの年齢では考えられないほどのスピード、筋力、瞬発力。

気が付くと、ヤルダレコードの前で大きく大剣を振りかぶっていた。

「……遅い」

そう呟くと。

その一刀は、いともたやすく片手だけで受け止められる。

ダメージを与えることはおろか、血の一滴さえ流れることはない。

ヘンドを見るヤルダレコードの目には、明らかに失望の感情が混ざっていた。

「お前は最後に殺すと言ったはずだ。黙ってそこで見ていろ」

「ぐおっ⁉」

バキッ――と嫌な音が鳴る。

ヘンドの両腕はへし折られ、瓦礫の山から蹴り落された。

激痛が走る今では、まともに受け身を取ることさえ不可能だ。

そのままゴロゴロと転がっていき、兵士たちの目の前へと辿り着く。

「だ、大丈夫ですか⁉」

「――構うな‼　行け！　殺せええええ‼」

「うおおおおおおお」――と兵士たちの叫び。

ヘンドたちが怯むことはない。

ヘンドの指令を聞いた兵士たちは、覚悟を決めた雄叫びを上げて同じように突撃する。

ヤルダレコードは、あっという間にその波へ飲み込まれることになった。


「……ん？　やけに外が騒がしいな」

少し早めの朝。

いつもは窓から入ってくる日光によって目を覚ましているルクスも、今日は人の騒ぎ声によって起こされることになった。

騒ぎ声というのは、当然お喋りというわけではない。

悲鳴、絶叫、叫喚、どれも朝から聞きたくないものばかりだ。

一体何の事件が起こったのか――そんなことを考える前に、体が自動的に窓の外を確認する。

「きゃあああああああああ！」

「いやあああああああ！」

「助けてええええええ！」

「……本当に何があったんだ？」

半開きのルクスの目に映ったのは、何かから逃げ惑うように走り続けている人々。

明らかに異常な光景であり、眠気も完全に吹き飛んでしまう。

このような状態では、今何が起こっているのか尋ねることもできない。

何一つ状況が分からない自分だけが、世界から取り残されているような気分だった。

そんな時に――ドスンと背後から物音が聞こえる。

「――ね、ねえっ、ミリアム！　ここどこ⁉　暗いよ！」

「落ち着いてください、セレナ様。恐らくワープに失敗したというわけではありません」

「うわっ⁉　セ、セレナ……？」

ガタガタと自室のクローゼットが突然動き出す。

その中からは、聞き慣れた声が扉を叩いて助けを求めていた。

セレナがこんなところに現れる心当たりは一つしかない。

ルクスの手によって、魔王城の一室とこのクローゼットの中はワープホールで繋がれている。

つまり、セレナたちがワープホールを使ったことは明白であり、かなり緊急の用事があると予想できた。

ルクスは慌ててクローゼットの扉を開ける。

「――あ。ルクス」

「……なるほど。ここはクローゼットの中だったみたいです、セレナ様」

そこにいたのは、冷静に状況を把握するミリアムと、それに抱きついているセレナ。

セレナはグチャグチャになったルクスの服を頭の上に乗っけており、かなり中で暴れていたことが分かる。

逆にミリアムは、その巻き添えで胸元が少しはだけていた。

場合によっては何か勘違いされてしまいそうな光景だ。

「セレナ……どうしてここに?」

「いや、どうしてって言われても……ルクスは今何が起こっているのか知らないのか?」

セレナは不思議そうに首を傾げる。

ミリアムもこのルクスの反応には流石に驚いているようで、信じられないという表情を浮かべていた。

「今この国は魔人に侵攻されています。別の地域に一体、この地域に二体です。かなり外がうるさいですが、恐らくその影響でしょう」

「魔人⁉　そんなの聞いてないぞ⁉」

「聞かされていないのですか？　……なるほど、市民の混乱を防ぐために最初から伝えていなかったということですね」

「そ、そうなのか……？」

「きっと公にせずひっそり解決したかったのだと思われます。残念ながら失敗していますが」

ミリアムは現状を分かりやすくルクスに伝える。

少々トゲのある言い方だったが、的確な内容に何も言い返すことができない。

魔人が突然現れたのだとしたら外の大騒ぎも納得だ。

「じゃ、じゃあその魔人っていうのをどうにかしないと……」

「――と、いうわけで助けに来たのだ！」

「急ぎましょう、ルクス様。あまり犠牲者を出すわけにはいきません」

セレナとミリアムが手を差し伸べる。

いつもは見た目相応の雰囲気を持つセレナも、今だけはとても頼もしい存在に感じた。

ルクスは迷いなくその手を取ると、我慢できなくなったセレナによってグイっと引っ張られる。

その力強さにバランスをやや崩しながら、三人は勢いよく外に飛び出るのだった。

「うわあああああああああ！」

「ひいいいいいいいいい！」

「おい押すなよおおお！」

外に出るや否や、ルクスたちを襲うのは市民たちの叫び声。

どんどんこちら側に迫ってくる様子を見ていると、まだまだこの大騒ぎは続きそうだ。

逃げ惑う市民たちにぶつからないよう、三人はゆっくりと逆走する。

「うるさい奴らだなー……叫んでも状況が変わるわけではないのに」

「セレナ様、人間はそういう生き物です。文句を言うだけ時間の無駄かと」

「それなら仕方ないか。救いようのない奴らだ」

「やけに冷たいな……」

人間に対してかなりの偏見を持つセレナとミリアム。

ここまで強く根付いていると、ルクスがどうこう言ったところで効果はないだろう。

場合によっては、魔人ではなくセレナたちによって人間が滅ぼされていたかもしれない。

そう考えると、今人間の味方に付いてくれることが奇跡だと思えた。

「……セレナはどうして人間を助けに来てくれたんだ？　人間を助けたとしても何もメリットはないはずなのに」

「勘違いするな、ルクス。我は人間を助けに来たのではない――ルクスを助けに来たのだ。お主が魔人なんかに殺されてしまわないようにな」

「僕を？」

「そうだ。だから、結果的に人間たちの味方をしているに過ぎん。それを忘れるなよ」

セレナの言葉が、少しだけ重くのしかかる。

セレナからしたら、人間たちに味方するとしても仲間になったというわけではない。

響きは似ているものの、意味としては全く違ってくる存在だ。

この状況が当たり前だと思うな――そう伝えているような気がした。

「セレナ様、気を付けてください。近付いてきました」

「う……人間が多くて探しにくいな」

セレナは目を閉じ、こめかみにグリグリと手を当てる。

かなり独特な集中方法だが、実際になかなか効果的らしい。

さっきまで煙たがっていた人間の悲鳴も、まるで一切聞こえていないかのように落ち着いていた。

「――ん。あそこだな？　ミリアム」

「間違いありません、セレナ様」

「え？　どこに――」

ルクスの言葉を待たずに。

セレナは民家の壁を上手く使って素早く移動する。

まるで重力を無視したかのような身のこなし。
地上は逃げ惑う人間たちで溢れているため、セレナなりに配慮した移動方法だ。
「ルクス様、私たちも行きましょう」
「へ？」
こちらもまたルクスの返事を待たず、一気に民家の屋根まで飛び上がる。
ミリアムによって小脇に抱えられ、先を進むセレナを追うことになった。
セレナもかなりのスピードだが、ミリアムもそれに負けていない。
ルクスは振り落とされないようにするだけで精いっぱいだ。
そして数秒後に、セレナは強く踏み込んでクルクルと大ジャンプする。
その落下地点には、明らかに敵と思われる魔物がいた。
「――ヌウウゥゥ!?」
当然最初に攻撃を仕掛けたのはセレナ。
鷹のように空中から勢いよく突撃し、魔物のうなじに鋭い牙で噛み付いた。
肉を食いちぎり、赤色の血が溢れ出す。
目を背けたくなるほどグロテスクな光景。
美しいセレナの銀髪も、血によって真っ赤に染まっている。
しかし、いくらその身が汚れようとも攻撃を止めようとはしない。
完全に魔物の息の根が止まるまで、首に噛み付き続けていた。

「こ、このガキッ……⁉」

魔物も背中に手を回して振り払おうとするが、セレナはそれを器用に躱す。

密着状態で行われるヒットアンドアウェイに、魔物はジタバタすることしかできない。

弱肉強食――狩りという表現がピッタリだ。

時間が経つにつれて、魔物の動きも段々鈍くなる。

いつの間にかパッタリと力尽きていた。

「……ふぅ」

「セ、セレナ！」

「あと一体……だな。うえっ、まずっ」

ぺっ――と、セレナは顔をしかめながら口の中の肉を吐き出した。

口元からは血が滴っており、駆け付けたミリアムがハンカチで綺麗に拭っている。

「この魔物は元々人間だったたな……じゃないとこんなにマズいわけがない」

「セレナ様のおっしゃる通りかと。血も赤色ですし」

深いため息。

見事敵を倒したのにもかかわらず、セレナはずっと渋い顔だ。

それほどまでに魔物の血肉はマズかったのだろうか。

わざわざそれを聞くようなことはしないが、少しだけルクスも気になってしまう。

「この服はもう使えなさそうですね、セレナ様」

「えっ、気に入ってたのに……はぁ」

セレナの不幸はまだ終わらない。

名残惜しそうに汚れた服を見つめ、もう一度深いため息をついた。

魔物の血が染み込んでいるため、どう洗濯しても元通りにはならないだろう。

一度諦めた様子を見せるが、まだまだ不満そうな表情だ。

そこで。

この光景を見て、ルクスの中で純粋な疑問が生まれた。

「セレナは魔法を使えたはずなのに、どうしてわざわざ直接……？」

「……ん？　だって、ここで我の魔法を使ったら大変なことになるぞ？　街が破壊されてもいいのか？」

ルクスの質問に、セレナから真っ当な返事が返ってくる。

確かにセレナが攻撃手段として魔法を選んでいれば、周りの民家と何人かの命が犠牲になっていたはずだ。

そう考えると、今回の戦い方は犠牲者どころか被害すら出ていない。

セレナなりにちゃんと考えはあったらしい。

洞窟ごとオーガを吹き飛ばした過去が嘘のようだった。

「そうだな……ありがとう、セレナ」

「う、うむ？　その――えっと、いきなりだと心の準備が……」

何の前触れもなく感謝を伝えてくるルクスに、セレナは分かりやすく動揺する。

感謝の言葉が欲しくなかったわけではない。

むしろ、ルクスの感謝の言葉が聞きたくて助けに来たと言っても過言ではなかった。

それでもこのタイミングはいかがなものか。

もう少しロマンティックなタイミングがあったはずだ。

理想的なのは――二人だけで静寂に包まれる空間。

しかし現実は、遠くから無様な人間の叫び声が聞こえる中、隣にニヤニヤとしているミリアムもいる。

何なら自分自身も魔物の返り血で酷いありさまになっていた。

昔読んだことがある恋愛漫画とはかけ離れたシチュエーションだ。

「ま、まだ戦いは終わってないぞ！　感謝するなら終わってからにしろ！」

「え、駄目だったか……？」

「い、いや駄目というわけじゃ……でも、こう、何というか」

「ルクス様。セレナ様は意外とベタなシチュエーションが好みですので――」

「そ、それ以上言うなぁ！」

セレナは飛びかかるようにしてミリアムの口を塞ぐ。

こうなると、ミリアムは連れてこなかった方が良かったのかもしれない。

貴重な戦力ということに変わりはないが、野放しにしておくには少々危険だ。

この程度では済まない爆弾も多く抱えている。

ルクスとの距離を縮めることができたとしても、やはり恥ずかしいものは恥ずかしい。

今になって後悔し始めていた。

「ミリアム……今日の晩御飯抜き」

「うっ……すみませんでした」

セレナがそう宣言すると、ミリアムはピタッと固まって静かになる。

ニヤニヤとしていた表情も消え、いつものお淑やかな従者に戻った。

驚くべき切り替えの早さだ。

対照的にセレナの顔はまだまだ赤い。

肝心のルクスは、訳も分からずその様子を眺めていた。

「セレナ、ベタなシチュエーションってどういう――」

「ル、ルクスは気にするでない！」

まったく――と、セレナは息をつく。

「まだ敵は残っているのだからな。遊んでいる暇はないのだぞ」

「あと一体……だったよな？」

「この地域にいる分はな。別の地域に親玉の魔人がいるぞ」

「ちょ、ちょっと待ってくれ！　別の地域ってどこだ？」

「んー……結構離れていたような気がするが」

ルクスは焦りを見せる。

別の地域に魔人がいるのだとしたら、もう侵攻が始まっていてもおかしくない時間帯だ。

人間たちの戦力を疑っているわけではないが、何故か嫌な予感がして仕方なかった。

不意に頭の中でリディアの顔が浮かぶ。

「セレナ。もう少し僕に付き合ってくれないか？」

「――つ、付き合う……？」

「うん、このままだと大変なことになる気がする……急がないと」

「……あぁ、そっちか」

少し残念そうに言葉が萎むセレナ。

一瞬だけそのような様子を見せたが、今度はすぐに真面目な表情に変わった。

魔人に挑むことが危険だと思っているのはセレナも同じらしい。

「心配するな、ルクス。我も最後まで面倒を見てやるつもりでここに来ている。今から行くぞ、掴まるのだ」

「い、今から？　もう一体の魔物は……」

「私が相手をいたします。ルクス様は魔人の元に向かってください」

「――ということだ。準備はいいか？」

「……分かった」

離すなよ――と、セレナは力強く飛び立つ。

セレナに掴まって空を飛ぶのは二回目の経験だ。

あの時に比べて何倍も速いスピード。

振り落とされれば間違いなく死が待ち受けている。

ルクスはギュッとセレナの手を強く握った。

「どうした？　ヘンドの娘だからと期待していたがその程度か？　もう少し骨のある奴だと思っていたがな」

「――クッ」

リディアは、ヤルダレコードの攻撃をギリギリで躱す。

その大柄な体格からは考えられないほど鋭いスピード。

大振りに見えて隙は全くない。

躱すだけで精いっぱいであり、カウンターを狙うことすらできなかった。

「くらえええええぇぇぇ！」

「雑魚は黙っていろ」

「ガハッ⁉」

ヤルダレコードは、容赦なく突撃してきた兵士の腹部を貫く。

また一人、リディアの目の前で兵士が殺された。

力を失った兵士はゴロゴロと瓦礫の山を転がり落ち、既に死んでいる仲間の上に積み重なる。

数分前には全員が雄叫びを上げていたという事実が信じられない。

数で押し切る作戦は、たった数分で破綻してしまった。

ヤルダレコードの一挙手一投足で、十数人単位の兵士たちがなぎ払われる。

その力は、ヘンドの想定を優に超えるものだ。

ここまでのパワーアップを誰が想像できただろうか。

ヤルダレコードの動きは、時間が経つにつれてさらにキレを増していく。

「弱い者がどれだけ集まろうと無駄だ。人数が多ければ大丈夫と思っていたようだが……残念だったな」

「…………」

「ヘンドの娘よ。お前は雑魚どもとは違うだろ？　それとも避けるだけしか能がないのか？」

ヤルダレコードの挑発。

それに乗るほどリディアは愚か者ではない。

無理に攻撃を仕掛けたところで、兵士たちと同じように殺されるだけだ。

ヤルダレコードほどの強さを持つ化け物の前では、少しの判断ミスが負けに直結してくる。

この戦いの中でも、他の兵士たちとは違ってリディアが型を崩すことはなかった。

「……冷静だな。最初は女らしく騒いでいたかと思えば、戦いが始まると別人のように変わった」

「どうも」

「しかし、お前では俺に勝てない。それは自分でも分かっているだろう？」

リディアはチッと舌打ちを返す。

有り余る戦闘経験から、自分と相手の実力の差は感覚的に分かる。

数値で言うと三対七。

明らかにヤルダレコードの方が格上の存在だ。

この実力差の中で勝利するためには、当然その差をカバーする何かが必要である。

「――リディア伏せて！」

「うん――！」

「《抜刀術《ばっとうじゅつ》・散《さん》》！」

カレンの剣が、リディアの髪をかすめながらヤルダレコードを切り裂く。

抜刀術《ばっとうじゅつ》――繰り出すまでに時間を必要とする技だが、兵士たちの犠牲によって威力は最大まで跳ね上がっていた。

流石のヤルダレコードも、このスピードの一太刀を躱すことはできない。

反応できるスピードを遥かに凌駕している。

数秒遅れて、その体から青色の血が噴き出した。

「……なるほど、速いな。技術もある。あとは力があれば完璧だ」

「っ、そんな……！」

それでも。

ヤルダレコードに深手を与えるまでには至らない。

胸から腹にかけてできた傷はすぐに塞がり、流れ出る血も気が付くと止まっている。

ダメージを受けた反応も――怯む様子さえ見られなかった。

「俺に血を流させたことは評価してや――おっと」

「――チッ！」

ヤルダレコードが、カレンの方へ振り返った瞬間を狙った一振り。

完全に死角からの攻撃だったが、片手で軽く弾かれてしまう。

やはり不意打ち程度では通用しないようだ。

カレンほどのスピードがなければ、攻撃を当てることすらままならない。

「完璧に近いタイミングだ。褒美をやろう」

「――！」

おぞましい殺気を感じたリディアは、反射的に防御の姿勢を取る。

この距離で躱すことは不可能――咄嗟の判断であったが、どうやら正解だったらしい。

ヤルダレコードの拳がリディアの腕に直撃し、その体ごと大きく吹っ飛ばした。

もし下手に躱そうとしていたら、間に合わずに腹部を貫かれていただろう。

そう考えるだけで、ドキリと心臓が冷たく震えた。

「……うぐぅ」

重力に従ってドスンと落ちるリディアの体。

すぐには立ち上がれないほどのダメージが体に残っている。

何本か肋骨が折れているかもしれない。

防御は完全に成功したはずだが、それでも貫通するような威力があった。

「こっちだヤルダレコード！　かかってこい！」

「ほお、威勢がいいな」

カレンは、リディアを守るために声を上げる。

カレンがヤルダレコードと一対一の状況を作ったところで、勝機はゼロと言ってもいい。

しかし。

ここでリディアを失ってしまえば、勝機は確実にゼロとなる。

仮にヤルダレコードが追撃を加えようとしていたら、間違いなくリディアは殺されていたはずだ。

不敵な笑みを浮かべるヤルダレコードからカレンは数歩距離を離す。

リディアが立ち上がるまでの時間を稼ぐことが、今のカレンにできる精いっぱいだった。

「おいおい、どうした？　かかってこいと言っておいて何故距離を取る？」

「――っ、うるさい！　《抜刀術《ばっとうじゅつ》・力《りき》》！」

「やはりお前は二流だ」

カレンの一太刀を、ヤルダレコードは二本の指で綺麗に受け止める。

「う、うそ……」

「スピードも威力もさっきの半分ほどしか発揮されていないぞ。だから簡単に見切ることができた」

失望した目でカレンを見下ろすヤルダレコード。

カレンがどれだけ力を入れようとも、ヤルダレコードの指から剣を離すことができない。

それどころか、ジワジワとカレンの体が持ち上げられる。

そして、勢いよく地面に叩きつけられた。

「くたばーーー」

「させるかあああ！」

カレンにとどめを刺すため、ヤルダレコードが拳を強く握った瞬間。

吹き飛ばしたはずのリディアが、剣を向けて飛び込んでくる。

特に工夫があるわけではないが、ダメージを受けているとは思えないほど素早い動きだ。

カレンの剣をポイっと投げ捨て、ヤルダレコードはカレン本体の首根っこを掴む。

その肉体を盾として、リディアの前に差し出した。

「ーーーなっ⁉」

リディアは踵を強く押し付けて急ブレーキ。

向けていた剣は、カレンを傷付けないよう背中側に隠される。

もう攻撃をしようという気は一切感じられない。

その一部始終を見たヤルダレコードは、リディアに向かってカレンをゴミのように投げつけた。

「甘いな、ヘンドの娘よ。ヘンドなら仲間ごと俺を両断していたはずだ。そんなに仲間が大事か？」

「大事じゃない仲間なんていない！」

「そうか。なら大事な仲間と共に死ね」

ヤルダレコードの拳に暗黒の瘴気《しょうき》が宿る。

カレンを抱えている今では、もう逃げることも不可能だ。

自分は死ぬ。

それを覚悟した瞬間、数々の思い出が走馬灯のように蘇る。

ヘンドの顔、ルクスの顔、カレンの顔。

そして、
目の前に拳が迫り――リディアは目を閉じた。

その時だった。


「《防御障壁《ホーリーシールド》》！」


突然現れたバリアが、ヤルダレコードの拳を弾き返す。

一体何が起こったというのか。

リディアが困惑している中で、もう一度後ろから声が聞こえてきた。

「《神滅爆砕《エクスプロージョン》》！」

暗黒の瘴気を宿していたヤルダレコードの拳が、大きな爆発によって空中に弾き飛ばされる。

「――グオッ⁉」

あれほど強固だった肉体が、まるで豆腐のように弾け飛んだのだ。

流石のヤルダレコードも驚きを隠し切れていない。

血が溢れる腕を押さえながら、ジロリとリディアの後ろにいる人物を睨む。

凄まじい魔法の威力に、ヤルダレコードの拳だけを狙う精密なコントロール。

そして聞き覚えのある声。

リディアは確信した。

「ルクス君！」

「……すみません。遅れました、リディアさん」

ルクスはリディアの目の前に立ち、ヤルダレコードと対面する。

右手には炎、左手には雷の付与。

本気のルクスを見たのは、この瞬間が初めてだ。

どうしてルクスがこんなところにいるのか――そんなことはどうでもいい。

いつもは可愛く見えていたルクスの背中が、今は何よりも頼もしく思えた。

「……誰だ、お前は？　俺の拳を奪った罪は重いぞ」

「それは殺された兵士たちの分だ」

「フン、ならばお前の命で償わせてやろう――くたばれ！」

ヤルダレコードは強く地面を蹴る。

片方の拳が奪われたとしても、もう一つが残っていれば十分だ。

今度はバリアを張る暇など与えない。

魔力反応はやけに強いが、ルクスがただの人間であることに変わりはなかった。

一撃でも当てることができれば勝負が決まる。

「《防御障――」

「遅い！」

ヤルダレコードはニヤリと笑う。

ルクスの反応速度よりも、ヤルダレコードの拳の方が圧倒的に速い。

近付いてしまえば実力はリディア以下だ。

がら空きの腹部に、思い切り拳がヒットして貫いた――。

「…………？」

はずだった。

そこで覚える違和感。

ヤルダレコードの拳には、確かに殴った手応えがある。

しかし、それは決して人間の肉体ではない。

その正体に目を向けると、そこには一人の女の姿。

どういうわけか、片手でヤルダレコードの拳を受け止めている。

「……おい、ルクス。今完全に死んでいたぞ」

「ご、ごめん、セレナ」

「はあ……まったく」

セレナはルクスの影の中から足を引き抜き、その勢いのままヤルダレコードを蹴り飛ばす。

ヤルダレコードに対する怒りと、ルクスに対する呆れが混ざったような表情。

すぐにはヤルダレコードが起き上がれないことを確認すると、セレナは後ろで座り込んでいるリディアに手を差し出した。

「勇者、一時休戦だ。早く立て」

「う、うん……」

「ルクスはもう無茶なことをするなよ。死んだら許さないからな」

「は、はい……」

リディアは、セレナの手を取り立ち上がる。

ヤルダレコードという共通の敵がいなければ、絶対にあり得なかったやり取りだ。

セレナとリディアを対面させることに不安を感じていたルクスも、このやり取りを見て安心したようにホッと息をつく。

「……ゴフッ！　お前ら、調子に乗るなよ」

「御託はいいからかかってこい」

「後悔させてやるぞ！」

怒りに身を任せた突進。

それをセレナは右手、左手、頭で受け止めた。

ミシミシとお互いに力を入れる音が響く。

魔王と魔人の力比べは――どうやら魔人に分があるらしい。

「お前は人間じゃないな……何故俺の邪魔をする」

「このままお主に好き勝手されたら、我の仲間が困るみたいでな」

「仲間だと……？　人間が仲間だというのか」

「その通りだ。何かおかしいか？」

「魔族のプライドを捨てたな。もうお前に何も言うことはない」

「――ック」

力比べに勝利したヤルダレコードは、馬乗りになる形でセレナを押し倒す。

この場で最も危険な存在がセレナだ。

今のうちに殺しておかなければ、かなり面倒なことになるだろう。

人間側に寝返った魔族を生かしておく義理もない。

「死ね――」

セレナの顔面を潰すために、ヤルダレコードは拳を振り上げて一気に落とす。

その隙だらけの肉体に――――リディアが剣を突き刺した。

「貴様ああ……！」

「やるではないか」

「……別に助けたわけじゃないから」

「この虫けらどもがあああーーーッ！」

青色の血を撒き散らしながら、ヤルダレコードは立ち上がる。

初めてむき出しになる感情。

落ち着いた言葉遣いは消え失せ、余裕が一切なくなったことを表していた。

リディアとセレナに向かって、むやみやたらに拳を叩きつける。

しかし、そんな攻撃に当たるような二人ではない。

瓦礫を殴る音だけがその場に響き、砂煙が大きく巻き上がった。

「《魔斬剣《まざんけん》》！」

「ヌウッ⁉」

リディアの剣技が、次々にヤルダレコードの体を斬りつける。

冷静さを欠き、動きの鈍っている今では、もはや当てない方が難しいくらいだ。

何よりも、ルクスと共に戦っているという事実が最大まで力を引き出していた。

「食らえ！」

最後に肩から腰までを斜めに斬りつけると、ヤルダレコードはフラフラとセレナの前で倒れる。

すると、セレナはクククと笑って――。

「消えろ。《ファイナルアルティメットダークネスサンダーボルケイノカオス――」

「リディアさん！　伏せて！」

「え？」

「クッ！」

――イリュージョーーン、と。

瓦礫の山の頂上を眩い光が包む。

ルクスはうろたえているリディアに飛びつき、倒れているカレンの元でバリアを張った。

やけにリディアが強く抱きしめてくるが、そんなことは気にしていられない。

目を開けられるようになるまでの数十秒間。

地の揺れと空気の震えを感じながら、三人はその終わりを待つ。


「ルクス君！　大丈夫？」

「一応……あ、あれ？」

そこに残っていたのは、セレナの魔法によってくり抜かれたような跡。

ヤルダレコードの姿も、セレナの姿も見えない。

キョロキョロと周りを確認しても、ただ無機質な瓦礫が広がっているだけだ。

「セレナがいない……」

「え？　……ホントだ。ヤルダレコードもいない」

ルクスの胸中がざわつく。

まさかセレナが負けてしまったのか。

いや、セレナに限ってそれはあり得ない。

こんなところで死ぬタマではないことを、ルクスが一番知っていた。

ならばどこに行ったのか――それを考えていると、後方から大きな声が聞こえてくる。

「リディア！　今の光は何だ！　やったのか！」

「お、お父さん！」

その声の主は、セレナではなくヘンド。

両腕をへし折られたにもかかわらず、残っている足だけを使って瓦礫の山を登ってきた。

リディアは慌ててヘンドの元に駆け寄り、その体を支えながら現状を伝える。

「ヤルダレコードの殺気が消えたの……多分消滅したみたい」

「か、勝ったのか！　それじゃああの光はお前が」

「う、ううん。それは魔王が――」

「リディアさん」

ルクスはリディアの言葉を遮る。

ここで魔王の名前を出すことだけは避けたい。

セレナは人間の味方であっても仲間ではないのだ。

もし魔王が人間を助けたという噂が広がれば、その大きな勘違いをする者が増えてしまうだろう。

それはセレナが最も嫌がることであるため、ルクスが防ぐ必要があった。

そんなルクスを見て、リディアも何かを察してくれたらしい。

「……えっと、私がやったかも」

「そうか！　勝ったんだな！」

ヘンドは疲れを吐き出すようにその場へ座り込んだ。

安堵の表情。

戦いの終わりに、我慢していた腕の痛みが段々と強くなってくる。

自軍も甚大な被害を受けることになったが、何とか勝利することができた。

どっちに転んでもおかしくない戦いであっただけに、この勝利は神に恵まれたとしか思えない。

「流石リディアだ。俺の育て方は間違ってなかった」

「いや、私だけじゃないよ。カレンも、ルクス君もいなかったら絶対に死んでた」

「そうだな――そういえば、ルクス君はどうしてここに？」

ヘンドの注意がルクスに向く。

それ自体は何もおかしなことではなかった。

ルクスがこの戦いに参加する情報は入っておらず、ここにいること自体がおかしいのだ。

ルクス自身も衝動のままにここへ来てしまったため、納得させられそうな言い訳はまだ考えていない。

「それは、その……」

「ルクス君は私が連れてきたの。お父さんには言ってなかったっけ？」

「なんだ、リディアが連れてきてたのか。危険な目に遭わせてすまないな、ルクス君」

困った様子をルクスが見せていると、リディアがそれをフォローするように二人の間へ入る。

当然そのような事実は存在していないが、リディアの口から出てきたことによって不自然にならずに済んだようだ。

まるで最初から打ち合わせていたかのような完璧なフォロー。

心の中を読まれているのではないかとすら錯覚してしまう。

「とりあえず勝利をギルドに報告だ。あとは生きている兵士を連れて病院に急ぐぞ」

「応急処置は？」

「既に衛生兵が終わらせているはずだ。……リディア、お前も無傷じゃないだろう。今回は自分を優先していいからな」

「私は最後まで頑張るよ。それより、お父さんこそ早く診てもらってね」

リディアは迷いなく負傷した兵士たちの元へ向かう。

腕や脇腹に痛みを感じているようだが、それでも弱さを見せずに兵士の肩を支えていた。

ヘンドもリディアを止めるようなことはしない。

これ以上言っても聞かないと分かっているからだ。

「……リディアには敵わんな。ルクス君も怪我があるなら俺と――」

「すみません。僕はもう少しこの辺りにいます」

ルクスはそう言うと、くり抜かれた瓦礫の跡を注意深く探し始める。

もうここにセレナがいないことは何となく分かっていた。

それでも、見つけられるかもしれないという淡い期待を抱いて探す。

もしかしたら、ルクスを驚かせるために気配を消して隠れているのかもしれない。

そんな可能性を信じて。

ルクスは一人で探し続けていたのだった。

エピローグ

魔人ヤルダレコード討伐の知らせを受けて一週間。

人々は歓喜と困惑の両方に包まれていた。

歴史に残る大事件に話題が尽きることはない。

今日も街では様々な噂が飛び交っている。

その中でも、必ずと言っていいほど話題に上げられるものが二つ。

一つ目は――誰が街に現れた魔物を倒したのか。

魔人とは別に突然街の中に二体の魔物が現れたにもかかわらず、その犠牲者はわずか数名程度しかいない。

そしてその二体ともが、何者かによって無残に殺されていた。

神の加護説、同士討ちになった説、謎の銀髪少女が退治した説。

どれも決め打てるほどの根拠はなく、最終的にはリディアが殺したという結論で落ち着くことになる。

二つ目は、この結論を出した者たちによるリディアへの称賛。

「お母さん！　リディア様のぬいぐるみ買ってよ！」

「えー……でもアイナにはこの前買ってあげたばかりでしょ？」

「この前とは別のタイプだから！　ほら、服の色が変わってるでしょ！」

「そうなの？」

「この色はレアなんだって！　友達に見せたら絶対にビックリするはずだから！」

「もう……仕方ないわね」

この一週間で、街は大きく変化を見せていた。

上下左右、どこを見てもリディアの色に染まっている。

魔人ヤルダレコードはリディアの手によって屠《ほふ》られた。

この事実は瞬く間に広がり、今ではリディアを信仰する宗教まで作られているほどだ。

国民全員がリディアの話をしていると言っても過言ではない。

グッズは飛ぶように売れ、リディアが着ていたという服すらすぐに売り切れになる。

地区の代表を決める選挙では、立候補していないにもかかわらずリディアが圧倒的一位に君臨した。

「……ふぅ」

かくして本物の英雄になったリディア。

そんな彼女と一週間ぶりに会うルクスは、少し緊張した様子で教えてもらった病院に訪れる。

複雑な路地を抜けた先にある、かなりこぢんまりした病院。

ルクスの想定とは大きく違った建物であるが、ここにリディアが入院しているらしい。

よし――と、意を決して古くなっている扉を開けた。

「あ、ルクス君。おはよー」

「おはようございます、カレンさん」

そこにいたのは、頭と腕に包帯を巻いて漫画を読んでいるカレン。

隣の机には沢山のお菓子が並べられており、「食べる?」とルクスに促してくる。

特に大変そうな様子はない。

いつも通りのカレンだった。

「いやー、参ったよ。大した怪我はしてないのに、とりあえず入院しとけって言われるからさ。絶対入院費目的だよ、ここのオヤジ」

「オヤジ?」

「あれ? 言ってなかったっけ? ここの院長はリディアのお父さんの知り合いなの。腕はいいみたいだけど、馬鹿みたいな治療費を請求してくる奴」

「そ、そうなんですか」

「下手したら、ルクス君も入場料取られるかもしれないから気を付けてね」

「病院で入場料……」

カレンは、やれやれと困ったような顔をする。

ルクスは初めて来る病院だが、どうやら相当危険な場所だったようだ。

入場料を取られる病院など聞いたことがない。

何も分からずこの病院にかかっていたら、痛い目を見ていただろう。

「いい？　怪我しても絶対にここの病院は駄目だからね？」

「……覚えておきます」

「よーし。……まぁそれはさておき、ルクス君が無事みたいで安心したよ」

それに——と、気を取り直してカレンは付け加える。

「あの時は助けに来てくれてありがとね。アタシは気を失ってたからよく覚えてないけど、あのまましゃ危なかったのは事実だし」

「いえ、間に合って良かったです」

カレンはルクスを見つめてニッコリと笑う。

初めて見るカレンの笑顔に、心臓がドキリと鳴った。

少しだけ恥ずかしい。

ルクスがどのような顔をしたらいいのか分からずにいると、カレンが何かに気付いたように奥を指さす。

「あ、そこの部屋にリディアがいるよ。喜ぶと思うから、リディアにも会ってあげて」

「わ、分かりました」

カレンに言われるまま、ルクスは示された扉をゆっくりと開ける。

そこには、大きなベッドですやすやと眠っているリディアの姿があった。

腕、足、胸、ところどころに処置が施されており、戦いの激しさを物語っている。

どのような戦いが繰り広げられていたのか――ルクスは見ていないが、たやすく想像することができた。

「すみません、まだ眠っているみたいなので出直します」

「え？　待って待って。試しに呼んでみてあげてよ」

「……えっと、リディアさん」

ルクスがその名前を呼んだ瞬間に。

眠っていたはずのリディアが、バッと目を覚まして体を起こす。

まるで悪夢から目覚めたかのような光景だ。

リディアはキョロキョロと周りを確認し、すぐにルクスの姿を目で捉える。

「ル、ルクス君！　ルクス君だ！　――あいたた！」

「だ、大丈夫ですか……？」

「う、うん……！　大丈夫！」

痛そうに脇腹の辺りを押さえるリディア。

やはり一週間で完治する怪我ではなかったらしい。

ルクスに心配させないように、グッと親指を立てて笑顔を作っているが逆効果だった。

「それより来てくれたんだね！　私、嬉しいよ！」

「えっと、リンゴやミカンを持ってきたので、カレンさんと一緒に食べてください」

「あ、ありがとう！　大事に食べるね！　院長に取られないようにしとかないと……！」

リディアはルクスの手土産を受け取ると、見つからないようベッドの陰にそそくさと隠す。

ルクスはまだここの院長と会ったことすらないが、既に大体の人間像が目に浮かんできていた。

カレンが文句を言っていたのも納得できる。

これなら、もう少し隠しやすい品を手土産にした方が良かったかもしれない。

「そうだ、ルクス君は大丈夫だった？　それがずっと心配だったんだー」

「はい、大丈夫です。運良くヤルダレコードの攻撃は食らわずに済んだので」

「そっか！　それなら良かったよー。ルクス君の身に何かあったらどうしようかと思ってたから……」

リディアはホッと息をついて後ろの壁に体を預ける。

本当に自分の体よりもルクスの体を心配していたようだ。

たとえ魔人と戦った後だとしても、その考え方は変わっていない。

普段と同じ、仲間思いのリディアのままだった。

「また怪我が治ったらご飯とか食べに行こうねー」

「そ、それはもちろん――当分は無理かもしれませんが」

「え⁉　なんで⁉　私何かした⁉　それなら謝るから！　ねえ、ルクス君！」

「い、いえ、そういうことではなくて……」

リディアの顔が笑顔から絶望へと変わる。

ルクスの肩を掴み、グイグイと必死に理由を求めていた。

たった数秒で表情はここまで豹変するものなのか。

不安、焦燥、困惑、様々な感情がリディアから伝わってくる。

「外ではリディアさんの人気が爆発してて、リディアさんが外を出歩いたら食事どころではなくなるかなぁと思ったんです」

「私の人気……？　カレン！　それって本当なの？」

「そうだよー。今リディアが外に出たら、囲まれて動けなくなるんじゃないかなー――三日くらいは」

「そ、そんなに⁉」

リディアの表情は絶望から驚きに変わる。

入院していたためか、外の情報はリディアの耳に入っていなかったらしい。

どうやってカレンがその情報を仕入れたのかという疑問は残ったが、ルクスが考えたところで分かるような問題ではない。

頭を悩ませて固まっているリディアへと目を向けた。

「代理人さんに全部任せてたから知らなかったよ……そんなことになってるんだ」

「ここ数日でグッズの売れ行きも大爆発してるんだってさ。これなら一生遊んで暮らせそうだね」

「いやいや……」

「特に子ども人気が凄いよ。もうヒーロー」

一気に情報がなだれ込み、パンク寸前になるリディアの頭。

この姿は子どもたちに見せない方が良いだろう。

最終的には何もない天井を眺めて現実逃避を始めていた。

「どうしてこんなことに……」

「リディアが魔人討伐を成し遂げたってのもそうだけど、この街に現れた魔物をリディアが退治したことになってるのが大きいかも」

「え⁉　それは私じゃないってちゃんと手紙送ったじゃん！」

「謙遜してるって勝手に解釈されてた」

「何それ⁉」

ギクリとルクスは肩をすくめる。

この街に現れた魔物を退治した人物――それは、セレナとミリアムだ。

真実を知っているルクスに与えられた二つの選択肢。

正直に伝えるべきなのか、このまま黙っておくべきなのか。

もし正直に伝えた場合、魔王が人間を守ったという事実が広がることになる。

セレナは当然それを心から嫌がるだろう。

ヤルダレコードを倒せたのもセレナの力が大きい。

リディアには申し訳ないが、すぐに黙っておくという決断をすることになった。

「……ルクス君は誰が魔物を退治したのか知らないよね？」

「すみません」

「そうだよね……はぁ」

そんなことを知る由もないリディアは、困ったように深いため息をつく。

「これじゃあルクス君と外に出られないね……」

「そっちに落ち込んでるんですか」

意気消沈。

先ほどまでの元気が嘘のように消え失せている。

流石のリディアも、ようやく現実を受け入れたようだ。

ルクスの想像とは少し違った方向でショックを受けているが、リディアらしいといえばリディアらしい。

「まあまあ。ルクス君がいなくなるわけじゃないんだし」

「そ、そうだね、ルクス君に会えなくなるわけじゃないもんね？　ちょっと我慢するだけだよね？それでいいんだよね？」

「……多分」

「やったー！　何だか頑張れる気がしてき——あいたた！」

ルクスの一言で元気を取り戻したリディアは、両手を上げて喜びを表現する。

脇腹に痛みを感じていたとしても、何故かその顔は笑顔のままだった。

「コホン。とりあえず私はこの怪我を早く治すようにするよ……」

「その方がいいと思います」

「うっ……うん」

ハッキリとしたルクスの返事に、リディアも反省したように頷く。

上がり下がりの激しかったテンションも、やっと落ち着き始めていた。

元気なことは分かったが、それで回復が遅くなっていたのでは元も子もない。

ルクスが強く意見を述べる機会は少ないため、余計にリディアの胸に深く突き刺さる。

「──それじゃあ僕はこの辺で」

「え⁉　もう帰っちゃうの⁉」

「……すみません。実は一度家に帰って片付けたいものがあって」

「そ、そうなんだ……ごめんね、忙しいのに」

「いえいえ！　全然大丈夫です！」

慌ててリディアの言葉を止めるルクス。

こんなタイミングで恩着せがましい人間と思われることは避けたい。

リディアの性格だと、一人で自分を責め続ける可能性だってある。

何よりも、しょぼんとしたリディアの顔を見ることが辛かった。

「──くっ、こんな怪我なんてすぐに治して、自力でルクス君の家に行けるようにするから！」

「た、楽しみにしてます……」

「うん！」

花が咲いたような笑顔。

この顔を見ると、もう心配するような気持ちは湧いてこない。

そして最後に――。

「またねー！」

と、ルクスは見送られることになった。

◇

「お帰りなさいませ、ルクス様」

「遅かったな、ルクス」

「ただいま」

「コーヒーの用意ができますので、少々お待ちください」

「あ、我のやつには牛乳入れといて」

「――って、何でセレナたちがいるんだよ！」

一週間ぶりに帰ってくる自宅。

そこでルクスを待ち受けていたのは、久しぶりに見る魔王とその従者。

まるでここにいるのが当たり前かのように振る舞っており、ルクスが指摘するのもワンテンポ遅れてしまう。

楽しみにとっておいた高級クッキーも、セレナによって綺麗に平らげられていた。

人間の作ったものにしては美味い――と感想まで述べているが、もう少しルクスの心に余裕がなければ、セレナの頭上に雷が落ちていたかもしれない。

「うむ。久しぶりだな、ルクスよ。元気そうで何よりだ」

「はあ……良かった……僕のことなんてどうでもいいよ」

「どうでも良くはないぞ。我はわざわざお主の様子を見に来てやったのだ。仲間の面倒を見るのは主の仕事だからな！」

セレナは小さな胸を張って満足げな顔をする。

ミリアムは隣でパチパチと手を叩いてセレナを褒め上げていた。

どうやらこの空間ではルクスが不利なようだ。

まともに話ができそうなミリアムも、セレナをおだてる役割に回っている。

「セレナのおかげで僕に怪我はないよ」

「よしよし。ならば良い」

うんうんと頷きながら鼻を高くするセレナ。

すかさずミリアムも、流石ですセレナ様と合いの手を入れていた。

やはりセレナの扱いでミリアムの右に出る者はいない。

一秒のズレもない完璧なタイミングだ。

「……セレナ様。それより、ルクス様から何か質問があるようです」

勘のいいミリアムがルクスに注意を向ける。

「む？　どうした、ルクス？」

「いや……魔人を倒した時、セレナは急にいなくなっただろ？　そのことなんだけど」

ルクスの疑問。

あの時、どうしてセレナはヤルダレコードと共に目の前から消えたのか。

人々に振り回されて寝る暇もないほど忙しい一週間だったが、頭のどこかで常にその疑問が居座り続けていた。

何度考えても答えは出てこない。

こればかりは本人に聞くしかないだろう。

セレナはポリポリと頭をかきながら口を開く。

「うーむ……実は《ファイナルアルティメットダークネスサンダーボルケイノカオスイリュージョン》を放った時に、魔人が我に反撃してきたのでな。そのまま吹き飛ばされてしまったのだ」

「え？　あの魔法を受けながら？」

「そうだ。まさか反撃されるとは思ってなかったから油断してた」

「どれくらい吹き飛ばされたんだ……？」

「五十キロくらい？」

「五十キロ⁉」

ハッハッハとセレナは笑いながら真実を語る。

セレナからしたら笑い話かもしれないが、ルクスからしたら冷や汗ものだ。

それほど吹き飛ばされたのだとしたら、ルクスが多少探しただけで見つかるはずもなかった。

「よく無事だったな……」

「なあに。我ほどになれば、骨の十本や二十本が折れたところで問題はない」

「それは無事とは言わない気がするけど」

「わ、我の基準では無傷なのだ！」

こうして、ルクスの中にあった謎がようやく解き明かされる。

セレナが急用を思い出して帰ったわけでもなく、ルクスたちをビックリさせようとしていたわけでもなく。

純粋にヤルダレコードとの戦闘で一泡吹かされたようだ。

ずっと気になっていたことであるため、少しだけ心の中にあったモヤモヤがスッキリしたような気がした。

そして同時に、何もできなかったことが申し訳なくなる。

「セレナばっかりに迷惑をかけすぎたな……」

「な、何を言い出すのだ、そんな急に。主として当然の――」

「セレナ様、ここは素直になった方が良いかと思われます」

「え？　そうなの？」

ミリアムの助言を受けて、セレナはコホンと咳払いをして改める。

「ま、まあ、ちょっと疲れたし？　楽な仕事ではなかった……かも」

「またセレナに借りができたよ」

「う、うむぅ」

居心地が悪そうにセレナは体をモジモジと動かす。

ミリアムの言葉を信じてみたものの、どのような反応をしたらいいのか分からない。

このまま威張っていればいいのだろうか。

……いや、それは少しだけ違うような気がした。

困ったようにもう一度ミリアムを見ても、ニヤニヤとした表情を浮かべているだけである。

「うん、その、アレだ」

「……？　アレ？」

「えっと……ミ、ミリアム、代わりに言ってあげて」

「はい。セレナ様は、ルクス様と恋仲になりたいのかと」

「――はあああああ!?」

セレナは顔を真っ赤に染め上げてミリアムの服を掴む。

今までに多少の暴露はあったが、これだけは洒落にならないレベルの暴露だ。

もはや反逆罪とも言えるだろう。

いくらミリアムといえども、許せることではなかった。

「殺す殺す殺す！　ミリアムを殺して我も死ぬ！」

「お待ちください、セレナ様。これはチャンスです」

「チャ、チャンス？」

ガクンガクンとミリアムの体を揺らしていた手が止まる。

いつもの自信がありそうなミリアムの態度。

何か策があるのかもしれない。

「この一週間は、魔人を倒したことでルクス様も気分が良くなっているはずです」

「……ふむ」

「それに、セレナ様の活躍をルクス様はしっかり見ていたのでしょう？　ならばセレナ様はヒーローであり、好感度も急上昇していると考えられます」

「ふむふむ」

「つまり、ルクス様のガードはかなり緩くなっているということです」

「――！」

セレナに走る衝撃。

言われてみれば、確かに納得できる論理だ。

距離を縮めるとしたら最高のタイミングであり、逆にこのタイミングを逃してしまうと、もう二度と機会に恵まれない可能性だってあった。

セレナが尊敬している父も、戦いの後は性を貪ったと聞く。

このチャンスは今しかない。

ミリアムによって後戻りできない状況が作られているため、むしろ覚悟を決めやすかった。

「よし」

「……セ、セレナ？」

セレナはワープホールがあるクローゼットの扉を開ける。

出てくる際にグシャグシャにした衣服。

その前に立ったところでルクスの方へ振り返った。

「ルクス、我の近くに来るのだ」

「う、うん……」

「もっと」

「こうか――」

ルクスがセレナの手の届く範囲に入った瞬間。

両肩をグイっと掴まれ、強引に引き寄せられる。

そして。

セレナの唇がルクスの頬に触れた。

「――ちょっ⁉」

「……嫌だったか？」

「そ、そういうわけじゃ……急だったから」

「そうか……」

セレナは恥ずかしそうに視線をそらす。

アクションを起こしたのはいいものの、この後のことを全く考えていなかったようだ。

両者ともこのような経験をしたことがないため、しばし無言の時が過ぎる。

満を持して先に言葉を発したのは――セレナの方だった。

「…………我がここまでしたのだ。責任は取らせるからな」

「せ、責任って」

「……もお！　言わせるなバカ！」

セレナは怒ったような素振りを見せると、隣に立つミリアムの手を取る。

「素晴らしいアプローチでした、セレナ様」

「ミリアムは帰ったら覚えといてね」

「……かしこまりました」

自分の未来を察したミリアムは、ペコリとルクスに一礼して悲しげな背中を見せる。

セレナももう一度ルクスを見ると、プイっと顔を背けてワープホールの方を向いた。

ルクスが何かを言う時間もない。

二人はゆっくりとワープホールに吸い込まれる。

最後に――。

「またな」

そのセレナの言葉だけが、ずっとルクスの耳に残っていたのだった。

あとがき

はじめまして。作者のはにゅうと言います。

この度は、拙作をお買い上げいただき誠にありがとうございました。

幻冬舎ライトノベル大賞にて、なんと大賞をいただき出版に至った今作ですが、私としてもなかなか思い入れのある作品になっております。

というのも、この作品は高校生の頃に原型を作ったものであり、それが数年の時を経て書籍という形になっているのです。

新人賞というものに憧れ、どんな作品を投稿しようかと迷っていた時にたまたまこの作品を見つけ、改稿するという決断に至りました。高校生の頃の自分に「この作品は後に賞を取るほどのポテンシャルを秘めているぞ」と言ったらきっと驚くでしょう。

人生は何が起こるか分からないものだなぁと痛感しております。

さてさて。

お世話になった方々に、この場をお借りして感謝を伝えさせていただこうと思います。

ご迷惑をおかけした担当編集さん。素晴らしいイラストを付けてくれたねめ猫⑥さん。
そして何より、この作品を読んでくださった皆様。
本当にありがとうございました。
これからの作品共々、応援していただけると嬉しいです。
また皆様と出会えることを願って。

【著者紹介】
はにゅう
2000年生まれの大学生。
卒業後にどんなPCを購入しようか悩み中。
でも今一番欲しいものはオフィスチェア。

魔王《まおう》と勇者《ゆうしゃ》は仲間《なかま》になりたそうにこちらを見《み》ている

2023年3月17日　第1刷発行

著　者　　はにゅう
発行人　　久保田貴幸

発行元　　株式会社 幻冬舎メディアコンサルティング
〒151-0051　東京都渋谷区千駄ヶ谷4-9-7
電話　03-5411-6440（編集）

発売元　　株式会社 幻冬舎
〒151-0051　東京都渋谷区千駄ヶ谷4-9-7
電話　03-5411-6222（営業）

印刷・製本　中央精版印刷株式会社
装　丁　　秋庭祐貴

検印廃止

ISBN 978-4-344-94380-3 C0093
幻冬舎メディアコンサルティングＨＰ
https://www.gentosha-mc.com/